Albert Cohen

Oh, ihr Menschenbrüder

Albert Cohen

Oh, ihr Menschenbrüder
Erzählung

Aus dem Französischen
übersetzt und mit einem
Nachwort versehen
von Ahlrich Meyer

ça ira

I

Weißes Blatt, mein Trost, meine vertraute Freundin, wenn ich von draußen aus der bösen Welt zurückkehre, die mich jeden Tag bluten lässt, ohne dass es jemand ahnt, heute Abend in der Stille will ich dir und mir eine Geschichte aus meiner Kindheit erzählen, die leider wahr ist. Du, getreue Goldfeder, die ich mit mir begraben lassen möchte, errichte hier ein flüchtiges, wenig erheiterndes Denkmal. Ja, eine Kindheitserinnerung, die ich dem Mann erzählen will, der mich aus dem Spiegel anschaut, in den ich schaue.

Aber es geht weder um den Tag, an dem man einem niedlichen kleinen Kapitalisten die Locken abschnitt, noch um irgendeine schickliche Liebelei mit einem kleinen Mädchen aus guter und begüterter Familie noch um eine alte, ergebene Haushälterin, die seit vierzig Jahren in der Familie ist, das lieben die Bürger, und ihre idealistisch erleuchteten Augen sind gerührt vor Behagen, und weil sie von ihrer tätigen Nächstenliebe schwärmen, einer Liebe, die zu nichts verpflichtet, außer zum Lächeln, lächeln sie viel über diese Sklavin und Nächste, die heiß geliebt, aber schlecht bezahlt wird, bei jedem Befehl, den sie ihr geben, lächeln sie wie Heilige, zeigen ihr ihre schmalen Lippen, richten durch die Zähne eine Botschaft der Nächstenliebe an sie, was nicht viel kostet und sie selbst aufheitert und ihre Brust vor moralischer Vollkommenheit schwellen lässt. Es geht auch nicht um ein kleines Essen bei einer reichen Großmutter, die griesgrämig ist und der deshalb ein goldenes Herz angedichtet wird, das lieben die Bürger, unterwürfig wie sie sind, und sie verzeihen den alten, tyrannischen und tauben Generalinnen alles, die Befehle geben, indem sie mit ihrem Stock auf den Boden klopfen, sie verzeihen ihnen alles, wenn sie ein großes Gut mit jahrhundertealten Eichen und vielen Dienern besitzen, und von diesen alten Giftkröten behaupten sie stets, sie seien im Grunde gutmütig, und in ihrer eigenen Gemeinheit lieben sie sie zärtlich, wie sie die Königin von England zärtlich lieben, wenn sie im Fernsehen das kleine Mädchen mit dem Blumenstrauß umarmt, das lieben sie, und aufs Neue sind sie widerlich gerührt vor Liebe und hocherfreut vor Sicherheit, und sie lächeln dieser lieben Königin zu, die immer noch da ist, sie lächeln unterwürfig, sie lächeln der Stabilität zu, lächeln der Ordnung zu, die ihre Besitztümer sichert, und weil sie eine große Seele haben, mit jeder Menge entsprechender Zutaten, lieben sie auch das Innenleben, sie sind begierig nach geistigen Werten und nicht weniger nach den Werten, die ehrbar an der Börse notiert werden. Es geht auch nicht um irgendein komfortables kapitalistisches Missgeschick wie etwa: in Großpapas Teich gefallen, noch um eine spontane Frage eines jungen Sprösslings aus einer spiritualistischen, wohlsituierten Familie, eine Frage von der Art: Liebe Mutter, sage mir, liebt Gott die Dienstboten genauso wie uns, die wir zur guten Gesellschaft gehören?

Nein, es geht um eine jüdische Kindheitserinnerung, es geht um den Tag, an dem ich zehn Jahre alt wurde. Antisemiten, stellt euch darauf ein, das Unglück eines kleinen Kindes zu kosten, ihr, die ihr bald sterben werdet und trotz der Nähe eures Todes nicht aufhört zu hassen. O falsches Lächeln, Grimasse meines jüdischen Schmerzes. O Trauer dieses Mannes im Spiegel, den ich anschaue.

O fälschlich lächelnde Grimasse, o meine enttäuschte Liebe. Denn ich liebe, und wenn ich sehe, wie ein Baby in seinem Kinderwagen mir sein zahnloses Lächeln freundlich darbietet, ein engelhaftes Lächeln nur aus Zahnfleisch, o mein Liebling, ich bin versucht, seine liebliche Hand zu fassen, mich über diese neue Hand zu beugen und sie zärtlich zu küssen, sie mehrmals zu küssen, sie mehrmals gegen meine Augen zu drücken, denn das Baby rührt mich und ich liebe es, aber sogleich kommt diese zwanghafte Idee, dass es nicht immer ein süßes, harmloses Baby bleiben wird und in ihm schon ein gefährlich zähnefletschender Erwachsener lauert und sich entwickelt, ein behaarter Antisemit, ein Hasser, der mich nicht mehr anlächelt. O arme jüdische Grimasse, o müdes, resigniertes Schulterzucken, kleine Tode unserer Seelen.

II

Ich werde mit Vergnügen alt und ich werde bald sterben. Ich werde bald sterben, sage ich mir mit einem Lächeln. Komisch, ich werde sterben und ich werde in meiner Holzkiste und meiner Erde allein und starr sein, ganz allein und wächsern und auf immer in der schwarzen stickigen Stille eingesperrt, ohne andere Gesellschaft als die der parallelen Reihen von starren Toten, meine stummen Kollegen, ganz allein und phlegmatisch und erkaltet in meiner langen, von feuchter Erde umgebenen Kiste, einer Erde, die von grässlichen kleinen Lebewesen wimmelt, die, sich windend, langsam vorwärts kriechen, und darüber werden die Lebenden eine schwere Platte einzementiert haben, damit der Hingeschiedene sich nicht untersteht, aus seinem Loch zu steigen.

Ich werde sterben, sage ich mir jeden Tag. Auf Wiedersehen also, du, die ich zärtlich geliebt habe, auf Wiedersehen Welt, auf Wiedersehen herrliche Natur, auf Wiedersehen liebliches Ionisches Meer, wo ich geboren bin, o mütterliches, o klares Meer, das ich so gerne betrachtet habe, und in Ufernähe war der Grund so sichtbar und so hell, dass mir die Tränen kamen. Und ihr, süße Erinnerungen, wo werdet ihr sein, wenn ich nicht mehr sein werde, o meine Erinnerungen, meine Täubchen, werdet auch ihr sterben?

Ach, auf meinem Totenbett werde ich ganz gefühllos sein, gleichgültig sogar gegen ihre Tränen, sie, die mich so geliebt hat, unbegreiflich ist das, denn sie ist doch meine innig Geliebte, und sie wird mich betrachten, der ich in dieser eisigen Gleichgültigkeit unerreichbar bin, ein Fremder, und sie wird diese Grausamkeit nicht verstehen, dass ich auf ihre Tränen nicht antworte und dass ich ihr Leid nicht beruhige, ich, der ich ihr immer aus tiefster Seele geantwortet habe und sie immer tröstete, und sie, dann beruhigt, lächelte und lehnte ihren Kopf an meine Schulter oder rieb ihre Stirn an meiner Brust, kleines liebevolles Pony.

Bevor ich ganz gefühllos auf meinem Totenbett liege, gleichgültig sogar gegen ihre Tränen, sie, die ich so geliebt habe, bevor ich also ganz still und steif bin, muss ich ein nützliches Buch schreiben, ob kurz oder lang, man wird sehen, genug der Romane. Auf den Seiten, die ich krankhaft langsam und mit dem Anflug eines seltsam traurigen, emsigen Vergnügens zu schreiben beginne, werde ich das Kind, das ich war, der Lächerlichkeit preisgeben. Aber das macht nichts, wenn es mir nur gelingt, die Hasser gütig zu stimmen, sie davon zu überzeugen, dass auch die Juden Menschenwesen sind, dass auch sie zu den Nächsten gehören. Menschenwesen, ja, mit Gefühlen, Freuden, Hoffnungen, Zärtlichkeit, Ängsten und – in ihrer Kindheit – mit einsamen Tränen, einem Schluchzen aus verschlossener Kehle, und mit vor Scham gesenkten Augen.

III

Wer weiß, habe ich mir gesagt, vielleicht wird das, was ich erzählen werde, den Judenhassern ein paar Zähne ziehen und ihr Herz erweichen? Ja, wenn ich ihnen das Leid erkläre, das sie einem kleinen Kind zugefügt haben, das ihretwegen plötzlich vom Unglück zerschmettert wurde, wenn sie dieses Buch bis zum Ende lesen, dann werden sie verstehen, habe ich mir gesagt, und sie werden sich ihrer Bosheit schämen und sie werden uns lieben. Vor Vergnügen habe ich mir selbst im Spiegel gegenüber zugeblinzelt. Plötzlich habe ich Mitleid mit mir, ganz allein in meinem Zimmer, Mitleid mit dem, der die Hasser bessert, Mitleid mit diesem Phantasten, der sich soeben ganz allein in seinem Zimmer vor Vergnügen über seinen Sieg die Hände gerieben hat, Mitleid mit meinem Unsinn, Mitleid mit meinem entzückten Blinzeln und mit diesem jämmerlichen Händereiben.

Aber wie denn, falls dies Buch einen einzigen Hasser ändern könnte, meinen Bruder im Tode, dann hätte ich nicht umsonst geschrieben, nicht wahr, Mama, meine erschrockene Mama? Von irgendeiner sonderbaren Seite her, einer Seite in mir selbst, stimmt meine Mutter mir zu, ich weiß es, meine Mutter, die während der deutschen Besatzung gestorben ist, meine Mutter, die Angst vor den Judenhassern hatte, meine Mutter, die naiv und gütig war und die sie leiden ließen. Sie war gütig und sie glaubte an Gott. Ich erinnere mich, dass sie mir eines Tages erklärte, um mir von der Größe des Ewigen zu berichten, dass er sogar die Fliegen liebe, und zwar jede einzelne Fliege, und sie fügte hinzu: Ich habe versucht, es mit den Fliegen zu machen wie Er, aber ich konnte es nicht, es gibt zu viele davon.

IV

Ich werde bald sterben und ich werde ein Toter sein, ein starrer Toter, ein wirklicher Toter in dem gleichen Bett, in dem ich als Lebender heute Abend schlafen und atmen werde, und anschließend werden sie mich angezogen und ganz unfreiwillig und verdrießlich in einen Sarg aus gewachster Eiche legen, innen hübsch mit weißem Satin gepolstert, mein Sarg, mein letztes Eigentum, sie werden es nicht hinbekommen, mich ordentlich anzuziehen, diese Trottel, und ich werde in meinem anthrazitfarbenen, viel zu warmen Anzug sehr beengt sein, und ich hätte ein leichtes Grau vorgezogen, aber sie werden mit mir machen, was sie wollen, und so behandelt man die Toten, feierliche, zu nichts mehr fähige, arme Verlassene, und man wird ein erstickendes Brett über mir festschrauben, und ich werde nicht protestieren, armes Lamm, und dann Gute Nacht, Albert Cohen.

Ich werde bald sterben und auf ewig in der Erde liegen, und in der höchsten Höhe des Himmels erwartet mich bereits ein schwebender Geier mit ausgebreiteten Flügeln und überwacht mich, und dennoch schreibe ich mit einem kleinen freundlichen Lächeln, mit sorgsamer Langsamkeit, linkisch, aber beherrscht vorangehend. Geduldig wie eine Termite, wenngleich seltsam, bohre ich emsig meine Gänge und Schleichwege, erkunde meine Tunnel, in meiner Schulschrift, die ich benutze, seitdem ich meine Feder gehorsam und sicher führe, ohne Freude, aber mit schwermütigem Vergnügen, schlecht und recht, traurig und mechanisch, angetrieben wie eine Kakerlake oder ein Stern, und ich halte meine Trauer, meine vergeblichen Klagen für die Nachwelt fest, dazu auch einige vertrocknete Blumen, Überbleibsel der Beisetzung meines Herzens, meine Blumen für die, die ich in aller Stille geliebt habe, ohne dass ich deswegen geliebt werden wollte, denn sie lieben niemals genug.

Draußen ist das Wetter schön, das Leben ist draußen, und ich bleibe allein und eingesperrt und vergesse zu leben. Seltsam, ich werde in vier oder fünf Jahren ein Toter sein, oder in höchstens zehn Jahren, ein gescheiterter Toter mit steifen Gelenken, unbeholfen und eingezwängt, und die Krawatte schlecht gebunden, zum ersten Mal schlecht gebunden, sie haben es nicht hinbekommen, die Trottel, ein so toter Toter, eine echte Leiche mit all ihrem kaputten Charme, und in hundert Jahren nur noch Knochen, unter der verschwundenen Nase das schreckliche stumme Grinsen zwischen den beiden Kinnladen, das ewige Grinsen der Toten, und in tausend Jahren einige Überreste in meinem Kasten, vielleicht ein paar Oberschenkelknochen oder Hüftknochen oder Reste des Kreuzbeins oder des großen Trochanters und Schutt von Gebeinen.

Ach, die ungewohnte Schwere in den Armen ist eine Warnung, und dieser unbekannte Schmerz in der oberen Brust ein Vorzeichen, ein Stück des Todes, und das Alter ist ein stückweises Sterben, und das Schlimmste wird mein Todeskampf sein, den ich sofort erkenne, und dann keine Hoffnung mehr, kein Überleben, und ich werde mich nicht in ein kindisches Jenseits flüchten, es lebe die Wahrheit, meine Ehre und meine Freude. Seltsam, ich werde bald nicht mehr sein, ein unumgänglicher Tod, und anstatt dass ich dies einzige Leben genieße, bin ich hier in meinem Zimmer ganz allein, schreibe von morgens bis abends, bringe ärmliche Tintengeschöpfe zu Papier, völlig nutzlos.

Warum? Naiv wie ich bin, in meinem fortgeschrittenen Alter und bevor der Sarg langsam herabgesenkt wird, will ich eine Art Testament für die hinterlassen, die sich noch bewegen werden, während ich, von ihnen befreit, derart unbeweglich sein werde, ich, ganz steif und gezwungen und wirklich abstoßend, grün und gelb verfärbt und vertrocknet in einer stickigen Kiste, ohne Luft zum Atmen, einer Kiste, die bald aus den Fugen geht, und ich, auf immer blöde, auf immer taub und stumm, höre nicht die Lebenden und ihre lärmenden Schritte über meiner Erde, höre nicht das schrille Getratsche eines kleinen Vogels auf meinem Grab, und plötzlich wird er sein Beinchen anheben, um sich zu entspannen, mein Liebling, und er macht hübsche Bewegungen, um Zeit zu verbringen und um zu fühlen, dass er lebt und dass es ihm gut geht, und das Wetter ist so schön, Mein Gott! wird er in seiner silbrigen Sprache sagen, und plötzlich wird er singen, wird sein kleines Gedicht wieder anfangen und auf mein Grab hämmern, heiliger Irrer, kleiner Messias, verrückter singender Kerl, der mich beschämt, weil ich meine Seiten unablässig mit dem Tod schwärze.

Was mich angeht, ich lebe seit meiner Kindheit mit meinem Tod, ich weiß, dass die Liebe und ihre jüngere Schwester, die Güte, die einzig wichtigen Dinge sind. Aber wie soll ich meinen Menschenbrüdern das glauben machen? Tatsächlich werden sie es niemals glauben, und ich bleibe der Naive, der ich mit zehn Jahren war. Aber ich muss ihnen sagen, was ich weiß, verrückt wie ich bin, komme, was da wolle. Oh, ihr Menschenbrüder, lernt die Freude kennen, nicht zu hassen. So spreche ich lächelnd, so spreche ich in meinem hohen Alter und an der Schwelle meines Todes.

V

Es gibt Spezialisten der Statistik oder der Archäologie. Ich meinerseits bin der unfreundliche Spezialist des Todes, des Todes mit dem stummen Lachen eines Kaiman. Schöne Berufung. Aber was soll ich machen, wenn der Tod mich verfolgt und in Trauer versetzt, dieser universelle Tod, was kann ich dafür, dass ich nicht bin wie alle diese eiligen Leute in den Straßen, die sich alle selbst am wichtigsten und teuersten sind, alle brennen darauf, nach oben zu kommen, zukünftige Leichen, alle sind Komiker, vom Juckreiz des Erfolgs und der Wichtigkeit befallen, und sie gestikulieren heftig, so lebhaft, und sie reden voller Überzeugung und wissen nicht, die Armen, dass sie bald nicht mehr reden werden, in der Ruhe ihrer endgültigen Verpackung.

Ach, diese noch jungen Damen, die herumlaufen und glauben, sie würden ewig leben, muntere kleine Lieblinge mit klappernden Absätzen, stolz und bewaffnet mit ihren beiden milchgebenden Kürbissen, die sie voller Einbildung vor sich hertragen, der ganze Stamm der ausstaffierten jungen Damen, die alle ihr drolliges, wohlgerundetes Hinterteil darbieten, alle begierig, so viel wie möglich nackte Haut zu zeigen, alle mit diesem weiblichen Lockruf auf ihren rot geschminkten Lippen, zweideutiges Leuchtsignal, alle bestätigen ihr groteskes Bemühen, das männliche Begehren zu wecken, indem sie ihre Schleimhaut vielsagend zur Schau stellen, alle aufgekratzt, plappernd und über andere herziehend, mit solcher Eile und Heiterkeit, alle gehen ihrer dauerhaften Ruhe entgegen, auf immer brav geworden, auf immer sittsam.

Ach, diese komischen Männer, die herumlaufen, behaarte Nachfahren der Menschenaffen und Anbeter der Stärke, das Tier, das töten kann, sie laufen herum und glauben, sie würden ewig leben, und sie diskutieren leidenschaftlich und erbittert über die geliebte Fußballmannschaft, die nicht hätte verlieren dürfen, und welcher Schlag für die nationale Ehre, das lag an diesem Mistkerl von Schiedsrichter, und sie diskutieren mit wütender Liebe über den großartigen Sieg ihres Nationalhelden, dieses wunderbaren Radrennfahrers, der ebenso gut wie ein Affe seine Beine rasend schnell auf einem Zweirad bewegen kann, und sie verehren ihn und himmeln ihn an, diese Idioten, und über seinen Sieg sind sie glücklich, die Unglücklichen, und sie ahnen nicht, dass es das Holz für ihren Sarg schon gibt, in einem Sägewerk oder in einem Wald, und dass es auf sie wartet.

VI

Es ist nicht zu glauben, dass das furchtbare Abenteuer der Menschen, die zur Welt kommen, lachen, sich bewegen und sich plötzlich nicht mehr bewegen, dass diese Katastrophe, die sie erwartet, sie nicht zärtlich und mitleidig miteinander stimmt. Aber nein, wo denken Sie hin, sehen Sie, wie sie sich gegenseitig hassen, und in jeder Stadt und in jedem Dorf hat jeder Mensch einen Feind, der ihm schaden will, und jeder Mensch ist ein Abel und ein Kain zugleich. Sehen Sie, wie sie sich seit Jahrhunderten in ihren Kriegen gegenseitig töten, sich trotz ihres Gesetzes der Nächstenliebe massenhaft töten, eines Gesetzes, das im Übrigen aus meinem Volk* stammt, zuerst aufgezeichnet in Levitikus Kapitel 19, Vers 18, diese hinterlistigen Affen, sehen Sie sie sich an, von einem Jahrhundert zum anderen mit ihren Pfeilen, ihren Beilen, ihren Streitäxten, ihren Lanzen, ihren Piken, ihren Hellebarden, ihren Armbrüsten, ihren Speeren, ihren Lanzen, ihren Streitkolben, ihren Streithämmern, ihren adligen Degen, die kleinen Dreckskerle, ihren Büchsen, ihren Musketen, ihren Gewehren, ihren Bajonetten zum Aufschlitzen der Bäuche, ihren Kanonen, ihren Maschinengewehren, beliebt bei ihren gehässigen, vergeblich mit Vitaminen vollgestopften Nachfahren, ihren Torpedos, ihren Kugelbomben, ihren Napalmbomben, ihrem Nervengas, ihren geliebten Wasserstoffbomben, ihren superschmutzigen Kobaltbomben, ihren Atom-Unterseebooten mit Mehrfachraketenwerfern, ihren Interkontinentalraketen mit Megatonnenlast, ihren Boden-Boden-Raketen und Boden-Luft- und Boden-Meer- und bald auch Mond-Erde-Raketen, und – Gipfel der Freude und ganzer Stolz – ihren Anti-Raketen-Raketen mit Zielerkennung. Das ist ihr Weg, das ist ihr Wahn.

* Siehe die Anmerkung des Übersetzers auf Seite 110.

Diesen kolossalen Wahn von gelehrten Affen, diesen unglaublichen Wahn kann ich nicht fassen, und ich höre nicht auf, ihn nicht fassen zu können. Und obwohl sie seit Jahrhunderten lauthals ihre Nächstenliebe verkünden, obwohl sie sich daran großartig berauschen, fahren diese behaarten Affen fort, die Stärke in allen ihren Maskierungen anzubeten, die schreckliche Stärke, die nichts anderes ist, als die Fähigkeit zu schaden, und deren Bestätigung und letzter Grund in der uralten erhabenen Macht zu töten liegt, und diese Fleischfresser lieben den Krieg, der ihnen heilig ist und sie begeistert, und sie sprechen feierlich und respektvoll von ihm, und sie brüsten sich mit ihren Schlachten und ihren militärischen Siegen, deren Bilanzen sie wie Honig saugen, und sie bewundern und lieben ihre großen Helden und großen Mörder, ihre Eroberer, ihre Diktatoren, ihre Marschälle und Admiräle, sachkundige Schlächter, vor denen man sich verneigt, und während alle vorgeben, ihren Nächsten zu lieben, fahren sie fort zu hassen, und schon wieder, im Jahr der Gnade neunzehnhundertsiebzig, wurden diese noblen Worte an die Mauern von Aix-en-Provence geschrieben: Jüdisches Drecksgesindel verrecke, zurück zu den glücklichen Zeiten des Genozids! O Nächstenliebe.

VII

Ihre Nächstenliebe werde ich heute Abend vergessen. Denn es bleibt mir ein Glück, vergänglich wie sie und ich, aber doch so großartig. O Glück, wenn sie heute Abend zurückkommen wird, das Glück eines jeden Abends, das Glück ihrer Stimme hinter der Tür meines

Zimmers, ihrer Stimme, die mir ankündigt, dass sie da ist, denn sie wagt nicht einzutreten, ohne dass ich sie dazu einlade, und manchmal tue ich so, als hätte ich sie nicht gehört, um des Glücks willen, erneut ihr kindliches Ich bin da durch die Tür zu hören, ein ergreifendes Wunder, mehrfach ihre kindliche Stimme zu hören, eine immer höhere Stimme, denn sie ist beunruhigt und verwirrt über mein Schweigen und fürchtet irgendein Unglück, und im Innersten fürchtet sie meinen plötzlichen Tod, und so ist die Liebe, ein Bangen um den anderen, und endlich antworte ich ihr und bitte sie einzutreten, und welches Glück, sie zu sehen, das Glück jedes Abends, das Glück ihrer sternengleichen Augen und ihrer Seele in ihren Augen, das Glück ihrer unbeholfenen Gesten, Wunder jedes Abends, o mein süßes Privatghetto.

Plötzlich, in der einsamen Wohnung, allein vor dem Tisch, an dem ich schreibe, sage ich ihr die drei heiligen Worte, ich sage sie der Abwesenden, das tut gut, und was soll da die Nächstenliebe der anderen, was soll der nahe Tod, der meine und der ihre, und wir werden nicht mehr sein, auf immer dahingegangen, was macht das, da sie heute Abend zurückkommen wird und ich sie sehen werde.

VIII

Ich sehe diese traurigen Augen an, die mich aus diesem Spiegel vor mir ansehen, traurige Augen, die wissen, trübselig und ungläubig, und plötzlich sind es die Augen anderer Juden, die nach mir kommen werden, wenn ich hier nicht mehr sein werde, traurige Juden, liebenswerte Blüte der Jugend, Juden ohne *God Save The King*, ohne *Marseillaise*, ohne *Brabançonne*, Juden, die die Beleidigung erfahren werden, wenn sie zehn Jahre alt sind. Eines Tages werden sie sich, wie einer, den ich kenne, wenn sie aus der Schule kommen, dem Straßenhändler nähern, der vor seinem Tisch einen Universalfleckenreiniger anbietet. Und der Straßenhändler wird zu ihnen sagen, was er zu mir gesagt hat, wird zu ihnen sagen, während sie von blöder Zärtlichkeit und Zutraulichkeit erfüllt sind, wird zu ihnen sagen, was er am sechzehnten Tag des Monats August des Jahres neunzehnhundertfünf zu mir gesagt hat, am zehnten Jahrestag meiner Geburt, denn ich war zehn Jahre vorher – seltsame Vorstellung – zur Welt gekommen.

IX

An diesem sechzehnten Tag des Monats August nachmittags um drei Uhr fünf sah ich beim Verlassen des Lyzeums, wo ich einen Ferienkurs für Nachzügler in Rechnen besucht hatte, eine Menschenansammlung. Da ich darauf aus war, interessante Dinge zu erfahren und das Leben zu genießen, mein soeben beginnendes Leben, näherte ich mich. Es war ein Straßenhändler, der vor seinem Klapptisch mit Feuereifer die Vorzüge seines Universalfleckenreinigers demonstrierte. Ganz aufgeregt, malte ich mir schon aus, welches Glück mir neue Kenntnisse bringen würden, und schmuggelte mich in die erste Reihe vor, um den blonden Straßenhändler mit feinem Schnurrbart besser verstehen und bewundern zu können. In dieser Zeit meiner Kindheit war ich besonders heftig im Bewundern.

Ach, wie war ich glücklich, diesem Verführer zuzuhören, mit den Gaffern zu lachen, teilzunehmen, dabei zu sein. Bei jedem Scherz des lieben, so geistvollen Straßenhändlers sah ich meine Nachbarn an, um ihren Augen zu begegnen, um mich mit ihnen zu freuen, um mich mit ihnen eins zu wissen. Ach, wie gut sprach er, und wie bewunderte ich ihn, und wie schön klang die wunderbare französische Sprache für einen kleinen Ausländer, der mit fünf Jahren von seiner griechischen Insel gekommen war und noch so schlecht Französisch sprach. Entzückt, körperlich gebannt, hörte ich dem Zauberer zu, ich betrachtete ihn gläubig, mit der Gläubigkeit eines kleinen Hundes, ich glaubte an ihn und ich liebte ihn. So war ich, so war dieser kleine Dummkopf mit schwarzen Locken und langen gebogenen Wimpern. Wenn der Magier mit seinem Zauberstab einen Fleck verschwinden ließ, sah ich erneut meine Nachbarn an, um mich zu vergewissern, dass es ihnen gefiel, um ihre Bewunderung zu genießen, um mit ihnen in Verwunderung vereint zu sein. Ich war glücklich, ich lächelte den Straßenhändler an, ich war stolz auf ihn, stolz auf seine Sachkenntnis, stolz auf seinen Pariser Akzent, und ich liebte ihn.

Ich hatte drei Francs in der Tasche, ein Geschenk meiner Mutter zu meinem heutigen Geburtstag, und ich beschloss, die Hälfte davon für den Kauf von drei Fleckenreinigern auszugeben. So würde der Straßenhändler mich schätzen und interessant finden, und ich könnte lange bleiben, um ihm zuzuhören – das

Recht eines seriösen Kunden. Und außerdem wäre Mama hochzufrieden! Nie wieder Flecken! Mit klopfendem Herzen und aufgeregt wegen des bedeutenden Kaufs, der mir die Achtung der Gaffer und die Freundschaft des Straßenhändlers einbringen würde, steckte ich die Hand in die Tasche meines Matrosenanzugs, um die große Summe daraus hervorzukramen, und ich holte tief Luft, um Mut zu haben, nach vorne zu gehen und die drei Fleckenreiniger zu verlangen. Als aber der Straßenhändler mein zartes Lächeln von zehn Jahren bemerkte, ein Lächeln aus Liebe, hörte er auf zu reden und zu reiben, prüfte schweigend mein Gesicht, lächelte seinerseits, und ich bekam Angst. Sein Lächeln ließ zwei lange Eckzähne erkennen, und mir schoss das Blut in die Brust und schnürte mir schlagartig die Kehle zu. Unter seinem blassblauen Blick und seinem ausgestreckten Zeigefinger, der auf mich wies, brach mir der Schweiß aus und in Panik befeuchtete ich meine Lippen.

X

Du da, du bist'n Jud',* oder? sagte der blonde Straßenhändler mit feinem Schnurrbart zu mir, dem ich nach Verlassen des Lyzeums gläubig und zärtlich zugehört hatte, du bist'n dreckiger Jud', oder? ich seh' das an deiner Fresse, du isst kein Schweinefleisch, oder? wo sich doch die Schweine nicht gegenseitig auffressen, du bist geizig, oder? ich seh' das an deiner Fresse, du hortest Goldstücke, oder? die magst du lieber als Bonbons, oder? du bist'n mieser Franzose, oder? ich seh'

* Siehe die Anmerkung des Übersetzers auf Seite 110.

das an deiner Fresse, du bist'n dreckiger Jude, oder? ein dreckiger Jude, oder? dein Vater kommt aus der internationalen Hochfinanz, oder? du isst das Brot der Franzosen, oder? meine Damen und Herren, ich stelle ihnen einen Kollegen von Dreyfus vor, einen reinrassigen Judenbengel, mit Garantie von der Bruderschaft der Beschneider, an der richtigen Stelle kürzer gemacht, ich erkenn' sie auf den ersten Blick, ich hab' ein scharfes Auge, also, wir wollen hier keine Juden, das ist 'ne dreckige Rasse, sind alles von Deutschland gekaufte Spione, siehe Dreyfus, sind alles Verräter, sind alles Dreckskerle, durch und durch bösartig, Blutsauger der armen Leute, die schwimmen im Geld und rauchen dicke Zigarren, während wir uns den Gürtel enger schnallen, nicht wahr, meine Damen und Herren? du kannst abhauen, wir haben genug von dir, du bist hier nicht zu Hause, das hier ist nicht dein Land, du hast hier nichts zu suchen, los, verschwinde, mach' dich auf den Weg, geh' nach Jerusalem und schau, ob ich da bin.

XI

Das sagte der Straßenhändler zu mir, dem ich mich an diesem Tag, an dem ich zehn Jahre alt wurde, gläubig und zärtlich genähert hatte, im Voraus erfreut, die liebenswürdige französische Sprache zu hören, die mich begeisterte, dummerweise im Voraus erfreut, drei Universalfleckenreiniger zu kaufen, um mich beim Straßenhändler beliebt zu machen, um ihm zu gefallen, um dafür geschätzt zu werden, um mich dafür lieben zu lassen, um ein Bleiberecht zu haben, um da zu sein, um an der wundervollen Gemeinschaft teilzuhaben, um zu lieben und geliebt zu werden.

O welch' Schande noch jetzt, wo ich schreibe – und es ist ein Geständnis, das mir schwerfällt –, ich warf einen demütigen Blick auf meinen Peiniger, der mich entehrte, ich versuchte, ein Lächeln vorzutäuschen, um ihn mitleidig zu stimmen, ein zitterndes Lächeln, ein krankes Lächeln, ein Lächeln eines Schwachen, ein allzu süßes jüdisches Lächeln, das durch seine Weiblichkeit und Zärtlichkeit zu entwaffnen trachtete, ein armes Lächeln, das sofort in Furcht umschlug und das ich unmittelbar darauf zu ändern suchte, um den Witzbold und Komplizen zu spielen, etwa: Ja, das ist ein guter Witz, aber ich weiß, dass es nicht ernst gemeint ist und dass Sie scherzen wollten und dass wir in Wirklichkeit gute Freunde sind. Die verrückte Hoffnung eines wehrlosen und einsamen Kindes. Er würde Mitleid haben und er würde mir sagen, dass es ein Scherz war.

Aber mein Peiniger war mitleidslos, und ich sehe erneut sein raubgieriges, zähnefletschendes Lächeln, die freudige Grimasse, sehe erneut seinen ausgestreckten Zeigefinger, der mir befahl, zu verschwinden, während die Gaffer zur Seite gingen und zustimmend lachten, um den kleinen Aussätzigen durchzulassen. Und ich gehorchte mit gesenktem Kopf, ich gehorchte und ging, einsam zwischen den beiden Reihen der feixenden Menge, behielt mein klägliches nervöses Lächeln, versuchte, es dreister erscheinen zu lassen, ein Lächeln der Kränkung und Demütigung. Wenige Minuten zuvor hatte ich mich mit dem Lächeln eines Kindes dem Tisch des Straßenhändlers genähert, und jetzt ging ich mit dem Lächeln eines Buckligen davon. Ich hatte mich genähert und meine ganze Zuneigung angeboten, und man hatte mir einen Haufen Unrat ins Gesicht geschleudert, in mein vertrauensvolles junges Gesicht.

XII

Und ich ging davon, ewig in der Minderheit, plötzlich den Rücken gekrümmt und mit einem gewohnheitsmäßigen Lächeln auf den Lippen, ich ging davon, für immer aus der Familie der Menschen verbannt, Blutsauger der armen Leute und durch und durch bösartig, ich ging davon unter dem Gelächter der zufriedenen Mehrheit, brave Leute, die gerne gemeinsam verachten, eine dümmliche Gemeinschaft gegen einen gemeinsamen Feind bilden, den Fremden, ich ging davon und behielt mein Lächeln, ein schreckliches zitterndes Lächeln, das Lächeln der Schande.

An der Straßenecke aber legte ich das Lächeln ab, und – zünden wir die zehn rosa Kerzen an – ich begann, misstrauisch zu blicken, mit einem schiefen Blick, dem Blick eines kranken Tieres, und ich schlich an diesem meinem zehnten Geburtstag die Mauern entlang, schlich furchtsam die Mauern entlang, ein geprügelter Hund, ein verstoßener Hund. Der Jude, sagen die Antisemiten, ist kriecherisch.

Schön und mit schönen Augen, die schönen Locken im Wind, alle Zähne neu, irrte ich durch die Straßen von Marseille und wusste nicht, warum die anderen böse waren, verstand nicht, welches Übel ich begangen hatte, ihnen zugefügt hatte. Ich blieb vor einer Mauer stehen, meiner ersten Klagemauer, um zu verstehen. Und mein Rücken, der vor der Mauer, der Klagemauer, plötzlich gealtert war, mein jüdischer Rücken begann, sich von hinten nach vorne und von vorne nach hinten zu beugen, begann mit dem rituellen Hin- und Herwiegen meiner Väter, dem Rhythmus der Klage und der langen Trauer, im uralten Takt der Wiederkehr des Unglücks, begann sich zu krümmen und ein grüblerischer Rücken zu werden, ein schwermütiger Rücken, auf dem der Buckel der Juden wächst, die Krönung ihres Unglücks, ein Buckel der Fremden, die zu viel denken und hin und her überlegen, ganz alleine hin und her überlegen. Diese Drecksrasse, sagen die Antisemiten, ist frühreif. Kurzum: zünden wir nachträglich zehn rosa Kerzen an.

XIII

Es irrte umher, das kleine Kind, und es verstand nicht. Wie denn, war es nicht voller Zärtlichkeit und mit einem freudestrahlenden Lächeln herbeigelaufen, um den schönen Worten des Straßenhändlers zuzuhören, in der anmutigen französischen Sprache, die es so liebte und die es mit Herzenslust lernte, das Kind, das vor fünf Jahren von seiner griechischen Insel gekommen war? Vertrauensvoll hatte es sich dem Klapptisch genähert, um sich an den Scherzen des Straßenhändlers zu erfreuen und um freundlich zu lachen und zuzustimmen und teilzuhaben und sich zu unterrichten und diese Sprache besser zu lernen, die die seine geworden war, und um sich freundschaftlich unter den kleinen Menschenkreis zu mischen und brüderlich dabei zu sein. Es irrte umher und es verstand nicht.

Was hat er euch getan, sagt an, ihr, die ihr ihn fortgejagt habt, ihr alle, die ihr über den Kleinen gelacht habt, der glaubte, sich dem Tisch nähern und sich mit euch verbinden zu können, einer von euch sein zu können, welches Übel hat er euch zugefügt, dieser hübsche kleine Junge, was hat er euch getan, dieser etwas feminine, naive Junge? Ist es eine solche Sünde, geboren zu sein, nur geboren zu werden? Oh, ihr Freunde der Nächstenliebe, die ihr euch köstlich über die Bruderschaft der Beschneider amüsiert habt, ihn kürzer geschnitten habt, wo es nötig ist, was hat euch dieser Unschuldige getan, dieser kleine entzückte Junge, was hat er euch getan, dass ihr böse seid, dass ihr, statt zu gratulieren, ihm an seinem zehnten Geburtstag diesen hasserfüllten Scherz zum Geschenk gemacht habt?

XIV

Vom Straßenhändler und der gehässigen Menge verjagt, irrte ich umher, verachtet und beschämt und einsamer als eine Stecknadel. Ich irrte durch die Straßen, die Straßen von Marseille, die ich liebte und liebe und wo ich meine Kindheit mit Mutter und Vater verbracht habe. Plötzlich entschied ich, zum Bahnhof zu gehen, einen Zug zu nehmen und wegzufahren, auf tragische Weise zu verschwinden. Aber wie zum Bahnhof kommen? Wenn ich diesen Passanten fragen würde, würde er mein Gesicht betrachten und wissen, wer ich war, da es der Straßenhändler auch erraten hatte. Schließlich fand ich mich damit ab, eine Frau zu fragen, wobei ich mit meiner Hand mehr schlecht als recht die Gesichtszüge verbarg, die aus dem alten Kanaan kamen. Kaum hatte die Frau mir Auskunft gegeben, eine freundliche Auskunft, da sie nicht erraten hatte, wer ich war, flüchtete ich wie ein Dieb zum Zug, der mich weit weg von den bösen Menschen bringen würde.

Als ich am Bahnhof ankam, besann ich mich eines Besseren und setzte mich in einen dunklen Winkel, um hemmungslos zu weinen. Dunkler Winkel ist ein poetischer Ausdruck. In Wirklichkeit ging ich wenig rühmlich in eine gebührenpflichtige Toilette und schloss mich ein, um hemmungslos mein Leid und meinen Schmerz zu beklagen, um am zehnten Jahrestag meines jüdischen Lebens zu weinen.

XV

Ja, eine gebührenpflichtige Bahnhofstoilette, eine Zuflucht gegen die Bosheit für zwei Sous. Dort, im Beisein einer Kette, an der gleichgültig ein Porzellangriff hing, weinte ich in meiner Einsamkeit. Dort, aufrecht stehend gegenüber der Klosettschüssel – welch ein Mangel an Geschmack, sich einen solchen Ort zum Leiden auszuwählen, dort, weinend und schluchzend und schniefend wusste ich, dass ich nicht böse war, dass ich ein guter kleiner Junge war, ein sehr zartes Kind, stolz auf seine Locken, ein nettes Kind, das bewundern und glauben und vor allem lieben und geliebt werden wollte, und warum, warum nur hatten sie über mich gelacht, warum waren sie so erfreut, als der böse

Straßenhändler mich beleidigt und davongejagt hatte. Warum? fragte ich den Griff der Wasserspülung, und ich setzte mich auf den Boden.

Wie zum Gespött saß ich auf dem kalten Zement, die Schultern an den Sitz der gebührenpflichtigen Toilette gelehnt, und ich verstand nicht. Das jüdische Kind verstand nicht. Erstarrte Tränen glänzten auf meinem Gesicht, ich versuchte das Rätsel dieses Hasses zu verstehen, und dabei drehte ich die kurzen Locken, die mir ins Gesicht fielen, wickelte sie auf, löste sie wieder, wickelte sie erneut auf. Dreckiger Jude, wiederholte ich immer wieder, dreckiger Jude, versuchte ich zu verstehen, ich fühlte mich verurteilt, ausgestoßen, schuldig, eines Verbrechens schuldig, auf unverständliche Weise verbrecherisch, unwiderruflich des Verbrechens schuldig, geboren zu sein.

XVI

In dieser Bahnhofstoilette zitterte ich und schwitzte vor Entsetzen. Der Straßenhändler hatte gesagt, die Juden seien eine Drecksrasse, alles Dreckskerle, durch und durch bösartig. Das ist schrecklich, dachte ich, ich bin böse, ohne es zu wissen, vielleicht sind die Bösen so. Mir war schwindelig. Waren denn mein Vater und meine Mutter ebenso böse, ohne es zu wissen? Ich fühlte Schmerzen in der Brust. Ich versuchte, dieses Geheimnis zu ergründen, denn ich war voller Vertrauen und glaubte alles, was die Erwachsenen mir sagten. Ich sehe mich noch an diesem übelriechenden Ort, die kleinen Hände gegen die kleine Stirn gepresst, beim Versuch, gelassen zu bleiben und nachzudenken, die Wahrheit aus dieser kleinen Kinderstirn herauszupressen. Papa und Mama liebten mich, also waren sie nicht böse! Aber vielleicht konnte man lieben und gleichzeitig böse sein? Oder vielleicht waren Papa und Mama nur zu mir freundlich und böse gegenüber allen anderen?

Ich fühlte Schmerzen mitten in der Brust und ich verachtete Gott. Warum diese Bosheit, die Juden böse zu machen? Und warum hatte Er mich zu einem Juden gemacht? Ach, mein Leben lang würde mich niemand lieben! Weggehen und den Namen ändern? Ich hätte es nicht ertragen, sie nicht mehr zu sehen, meine beiden Lieben, meine zwei armen Bösen, die es nicht wussten, die nicht wussten, dass sie böse waren und dass es nicht ihr Fehler war, dass sie böse waren. Und außerdem – wohin gehen? Ich liebte nur Frankreich. Sollte ich behaupten, ich wäre kein Jude mehr, durch die Straßen laufen und es laut verkünden? Ich nahm in dieser lächerlichen Toilette meinen Kopf zwischen meine Hände. Ach, und ich wollte so gerne ein französischer Oberst werden, mit einer Reitgerte. Nie mehr! Schluss mit dem Wunsch, ein französischer Oberst zu sein. Tja, da kann man nichts machen, wenn man böse ist, wie es mein Los war! Wenn man das Geld liebt, wie es mein Los war und wie es der Straßenhändler gesagt hatte! Aber wie soll man es anstellen, das Geld zu lieben?

Und warum hatten die Leute in der Menge gelacht, als sie mich fortgejagt sahen? Diese Menge bestand doch aus freundlichen Franzosen, die ich liebte. Ach, sie waren gutartig, die Franzosen, ich wusste es, ich schwor es. Vielleicht hatten sich zufällig die einzigen bösen

Menschen aus Marseille um den Straßenhändler versammelt? Nein, unmöglich. Nun, da sie nicht böse waren, verachteten sie mich, weil ich es verdiente. Ich war also tatsächlich böse, geboren mit einer Religion der Bösen. Aber es gab doch unsere Patriarchen, unsere Propheten? Nun, wir hatten uns eben geändert.

XVII

Eine Drecksrasse, wiederholte ich, plötzlich aufrecht stehend, und ich legte meine beiden Hände flach an die Mauer und schlug meine Stirn dagegen, was zu nichts gut war, und ich blieb, was ich war. Dann zog ich die Kette der Wasserspülung, umsonst, aus Idiotie, vielleicht um zu handeln und dem Unglück zu entkommen, vielleicht um die Stille und die Einsamkeit zu beenden. Dann betrachtete ich, blöde vor Schmerz, die feinen Risse in der Klosettschüssel und suchte dort nach Gesichtern. Hoch lebe Frankreich, stammelte ich in meiner Verwirrung mehrmals, um rettende Worte zu sagen, um meine Angst zu täuschen, vielleicht um ihnen zu beweisen, dass sie sich täuschten. Seid lieb, seid lieb, stammelte ich mehrere Male, immer noch vor der Kloschüssel, ich sah den Boden des schmutzigen Steinguts an und betrachtete darin mein Los, das Geheimnis meiner Infamie.

Aufs Neue auf dem dreckigen Zement sitzend, verdrehte ich mein kleines Taschentuch, ich zog es, ich versuchte, es zu zerreißen, weil ich böse war. Dann lächelte ich albern mit halb geöffneten Lippen, wie benommen etwas suchend. Dann erinnerte ich mich an die

Worte auf einem Plakat, ich wiederholte und wiederholte: Menier-Schokolade – einmal probiert, immer begehrt. Dann führte ich, um die Zeit zu vertreiben oder um mir Gesellschaft zu leisten, mit den Fingern meiner rechten Hand, mit fünf Marionetten, Trauerspiele auf. Solche absurden Kleinigkeiten stellt man an, wenn man unglücklich ist, das lernte ich an diesem Tag, an dem ich zehn Jahre alt wurde.

XVIII

Ja, die Menschen brauchen im Unglück etwas Beschäftigung. Sind sie im Unglück allein und einsam, beschäftigen sich die Menschen, die armen Menschenwesen, mit absonderlichen Kleinigkeiten, sie müssen alberne Worte wiederholen oder eine Gedichtzeile immer wieder aufsagen oder ein Taschentuch verdrehen oder einen Faden aufwickeln oder Streichhölzer zerbrechen oder ein Blatt zusammenfalten und wieder entfalten oder winzige traurige Zeichnungen zu Papier bringen, kleine geometrische Figuren, perfekt angeordnet, Ausdruck leerer düsterer Gedanken – vielleicht tun sie es, um eine Rettung in fremdartigen Bildern zu finden, die nichts mit ihrem Unglück zu tun haben, vielleicht um sich mit Worten oder Gesten zu beruhigen, um sich durch betäubende, stumpfsinnige Wiederholungen zu hypnotisieren und einzuschläfern, dabei leicht lächelnd, vielleicht um das Unglück mit Worten oder Gesten zu überdecken, um es hinter einem Vorhang aus kleinen nutzlosen Beschäftigungen zu verbergen und den Abgrund des Unglücks nicht zu sehen, vielleicht um das Vorhandensein des Unglücks zu leugnen, um es mit einfachen und normalen Worten und Gesten zu leugnen, um es mit dem Gewöhnlichen und Nicht-Katastrophalen zu leugnen, vielleicht um einen Zauber auszuüben, um dem Unglück ein kleines Opfer anzubieten und es zu beschwören, vielleicht um das Unglück mit unpassenden Worten und Gesten zu täuschen und davon zu überzeugen, zu gehen, oder vielleicht einfach um sich im Unglück ein wenig zu unterhalten und sich kläglich zu trösten. Vielleicht aus einigen dieser Gründe, vielleicht aus allen zugleich.

Die Menschen, die armen Menschenwesen, meine Brüder, brauchen, wenn sie völlig unglücklich und einsam sind, auch ein Lächeln, vielleicht um sich Mut zu machen und hoffnungsvoll auf das Leben zu schauen, vielleicht um sich verrückterweise davon zu überzeugen, dass das Unglück nicht wirklich geschehen ist und dass sie alles in allem glücklich sind, vielleicht weil sie in ihrer Verwirrung an die übernatürliche Eigenschaft des Lächelns glauben und dass, wer lächelt, nicht unglücklich ist, nicht unglücklich sein kann, vielleicht um das Unglück irgendwie auszutreiben, mit einer Fröhlichkeit von geheimnisvoller Kraft, vielleicht um das Unglück zu ködern, um es davon zu überzeugen, zu gehen, um es davon zu überzeugen, dass es sich in der Adresse geirrt und dass es mit einem Glücklichen zu tun hat, vielleicht um zu glauben und das Unglück glauben zu machen, dass es nicht geschehen ist, vielleicht auch damit das Unglück mit diesem Unglücklichen Mitleid hat, der lächelt, der es anlächelt, der freundlich ist, der verschont zu werden verdient. Vielleicht aus einigen dieser Gründe, vielleicht aus allen zugleich. Ich weiß jedenfalls, dass ich – als ich lächelte und den Wunsch

Hoch lebe Frankreich stammelte und als ich die fünf Marionetten meiner Hand tanzen ließ, als ich auf der Erde saß und die Schultern an den Sitz der gebührenpflichtigen Toilette lehnte –, dass ich bei dem kleinen Tanz meiner Finger träumerisch über meine Sünde nachdachte, geboren zu sein.

XIX

An diesem regnerischen Morgen überkommt mich eine Sympathie für den Straßenhändler meines zehnten Geburtstags, und auch Mitleid, ein zärtliches Mitleid. Plötzlich erkenne ich ihn, wie er ist, ich bin sein Bruder und sein Zwilling, und aus Mitleid und Zärtlichkeit bin ich er, bin ich er selbst geworden, während ich ihn wiedersehe, so blond, ich sehe seinen feinen Schnurrbart, armer Sohn von Armen, ein unfähiger und bedürftiger Armer, der einen Feind braucht, der für sein elendes Leben verantwortlich ist, und der glaubt, dass der Hass gerecht und lobenswert ist, und der sich damit tröstet. Und noch dazu tut es diesem unterlegenen Unglücklichen, der verachtet wird und es weiß, gut und richtet ihn auf, sich überlegen zu fühlen, indem er seinerseits verachtet.

Mitleid mit ihm, zärtliches Mitleid, und in mir ist sogar eine Art Zufriedenheit bei dem Gedanken daran, dass der Arme einen Moment des bescheidenen Ruhms und der Macht erlebt hat, endlich erlebt hat, als er ein jüdisches Kind vertrieb.

Und plötzlich, während ein leichter Regen fällt, ein zarter Regen, dem ich zusehe, weiß ich, dass das wahrhafte, verzeihende Verzeihen nicht heißt, einem Religionsgebot zu gehorchen, nicht heißt, ich sei zu einer unnatürlichen Milde verpflichtet, nicht heißt, ich solle eine Beleidigung für nicht erfolgt halten, nicht heißt, auf Rache zu verzichten, obendrein in meinem Innersten widerwillig zu verzichten, stolz darauf zu sein und mich bewundernswert zu finden. Ich weiß plötzlich, was es heißt, wirklich zu verzeihen.

Das wahrhafte, verzeihende Verzeihen kommt aus dem Wissen, dass der Beleidiger mein Bruder im Tode ist, ein künftiger Todgeweihter, der das Tal der Schrecken kennenlernen wird und der schon jetzt Mitleid verdient, zärtliches Mitleid, der jedes Recht über mich hat, ein ehrwürdiges Recht, das aus seinem künftigen Unglück herrührt, seinem sicheren Unglück, und wie sollte man ihm da nicht verzeihen?

Das wahrhafte, verzeihende Verzeihen heißt auch, zu verstehen, dass die Beleidigung unvermeidlich war, und sie zu verstehen, weil ich aus Mitleid, aus zärtlichem Mitleid plötzlich der andere und er selbst geworden bin, weil ich ihn kenne, ich kenne den armen Beleidiger, ein unschuldig Böser, stets unschuldig, ein Unglücklicher, der mit seinen Chromosomen Pech gehabt hat, für die er nicht verantwortlich ist, er hat an nichts schuld, wie sollte man ihm da böse sein und ihm vorwerfen, dass er ist, was er nicht nicht sein kann, wie sollte man ihm böse sein, das getan zu haben, was er nicht nicht getan haben konnte, wie sollte man ihm nicht verzeihen?

XX

Jetzt ein wenig Glück, ein wenig Glück, bevor ich die Erzählung fortsetze und berichte, was anschließend mit mir geschah, jetzt erzähle ich mir etwas von Zeiten des Glücks vor meinem zehnten Geburtstag, ich erzähle von dem Kind, das bald vom Hass, von der Infamie gebrandmarkt werden sollte. Ich erinnere mich, ich war ein kleiner Bruder von Vögeln und Blümchen, der sich selbst krude wahrheitsgetreue Geschichten erzählte, war leicht verrückt, dauernd entzückt, schönheitsliebend und hingerissen, rasch verliebt, ein ewiger Träumer und ohne Talent für Geschäfte, keineswegs internationale Hochfinanz, keineswegs Verschwörung zur Weltherrschaft, wie sie behaupten, zu weich und bei der geringsten Aufregung errötend, schüchtern und liebevoll, idiotisch liebevoll, ein armes, zu zartes Kind.

Plötzlich erinnere ich mich an jenen Augustnachmittag, kurz vor dem Tag des Straßenhändlers, als eine Frau von ferne eine Romanze sang, deren Refrain lautete, dass sie ihren fortgegangenen Geliebten nie mehr wiedersehen würde, und nun teilte der kleine Dummkopf allein, in dem vor Hitze stickigen Zimmer, den Schmerz der verlassenen Dame, beweinte das Unglück, schluchzte um der Trennung willen, schluchzte lächerlich, die Stirn gegen die Tischkante gelehnt.

Ja, ein armes, zu zartes Kind, jederzeit bereit zu lieben, das begeistert seine Spielsachen und sogar das silberne Besteck seiner Mutter an falsche Freunde verschenkte, auch jederzeit bereit zu bewundern, erfreut zu gehorchen und von Erwachsenen beglückwünscht zu werden, vom Wunsch beseelt, geliebt zu werden, ein Kind, das die Lebensgeschichten der großen Franzosen begeistert las und das – lächelt, ihr Antisemiten – einen geheimen, Frankreich geweihten Altar in seinem Zimmer hatte.

XXI

Stellen Sie sich vor, aber vergessen Sie den Spott nicht, stellen Sie sich vor, dass ich frommerweise im Fach eines Schrankes, den ich mit einem Schlüssel versperrte, stellen Sie sich vor, eine heilige kindliche Ausstellung eingerichtet hatte, in einem Schrank meines Zimmers, einen Altar, eine patriotische Krippe, eine Art Reliquienschrein zum Ruhme Frankreichs, den ich mit kleinen Kerzen umgab, mit Bruchstücken von Spiegeln, mit Glasmurmeln, mit farbigen Glasscherben und niedlichen Schalen, die ich aus Silberpapier angefertigt hatte. Als Reliquien dienten Portraits von La Fontaine, Corneille, Racine, Molière, Napoleon, Victor Hugo, Lamartine und Pasteur. Ja, ich habe das schon in einem anderen Buch berichtet, aber ich muss es hier noch einmal berichten. Ich liebte Frankreich, ich verachtete die Preußen, ich war Revanchist und Hurrapatriot und ich verehrte Jeanne d'Arc. Frankreich gehörte mir, war meine Sache. Man hat mir allerdings gezeigt, dass ich mich täuschte und dass es mir an Taktgefühl mangelte.

Auf meinem geheimen Frankreich-Altar gab es auch eine grausam verletzte kleine Statue von Vercingetorix in einer dieser rosa wattierten Pappschachteln, in die Zahnärzte den Zahn legten, den sie dir gerade gezogen hatten. Es gab auch französische Zinnsoldaten, kleine französische Fahnen, die ich zerfetzt hatte, damit sie ruhmreicher aussahen, Fotografien von Kathedralen, einen Eiffelturm, eine kleine französische Kanone auf einem papiernen Spitzendeckchen neben einem Präsidenten der Republik, einem gewissen Loubet, den ich wahnsinnig verehrte und für ein Genie hielt. Das Oberhaupt Frankreichs, sagte ich mir träumerisch, wenn ich ihn beseelt anschaute, und ich zitterte vor Liebe angesichts dieses großen Mannes. Es gab auch das Foto eines unbekannten Oberst, ein Dienstgrad, der mir höher und erstrebenswerter schien als der eines Generals, Gott allein weiß warum, vielleicht weil mir *colonel* und *monocle*, Oberst und Monokel, verwandte Wörter zu sein schienen, die gegenseitig im Glanz erstrahlten. Es gab, in Goldpapier gewickelt, ein Haar, von dem ein Witzbold unter meinen Mitschülern behauptet hatte, es stamme von einem heldenhaften Soldaten der Französischen Revolution, und das er mir sehr teuer verkauft hatte, vielleicht für fünfzig Aprikosenkerne. Es gab unter einem mit Trikolore-Bändern geschmückten Triumphbogen aus vergoldeter Pappe Säckchen, die angeblich Erde aus den französischen Kolonien enthielten und die ich von dem gleichen erfindungsreichen Mitschüler erworben hatte, der in mir einen guten, vertrauensseligen und eifrigen Kunden gefunden hatte. Es gab und es gab. Es gab meine Liebe zu Frankreich und meinen wahnsinnigen Wunsch, dazuzugehören. Es gab einen absurden und heiligen Enthusiasmus, dessen ich mich nicht schäme und der mich nie verlassen wird. Denn im Inneren bin ich dieses Kind geblieben.

Auf meinem kleinen Altar gab es auch hier und da Zettel in schwarzer und farbiger Schönschrift mit dem Ruf Hoch lebe Frankreich, den ich noch heute in meinem Herzen trage. An einem Eierbecher, der mit einem traurigen Küken verziert war, das ein leicht rabbinisches Aussehen hatte, lehnte ein winziges Gedicht an Frankreich von mir, und im Eierbecher standen Papierblumen, die das Foto eines verstorbenen geliebten Kanarienvogels beschatteten. An den Wänden dieses kleinen Frankreich gewidmeten Tempels hingen winzige, von mir ausgemalte Votivtafeln, die so hochfliegende und originelle Gedanken festhielten wie Frankreichs Gloria und Freiheit, Gleichheit, Brüderlichkeit. Welch eine jüdische Verschwörung. Ganz die Protokolle der Weisen von Zion.

Um mein Scheitern vollkommen zu machen und beim Gipfel der Lächerlichkeit anzukommen, muss ich gestehen, dass ich abends, bevor ich mich in meinem kleinen Bett schlafen legte, die Tür meines Zimmers doppelt abschloss, den Schlüssel zum heiligen Schrank nahm, der an einer Kordel um meinen Hals hing, und das Allerheiligste öffnete. Ich steckte die kleinen Kerzen in dem Fach an, das ich das Pantheon Frankreichs nannte, und – ich bin erbarmungslos und will mir keinen Spott ersparen – ich ließ meine Seele zur Höhe Frankreichs emporsteigen, das ich liebte, und versprach, Frankreich mein Leben lang zu dienen. Geliebtes Frankreich, sprach ich. Geliebtes Frankreich, wiederhole ich, während ich dies schreibe.

XXII

Und diesen sanften kleinen Liebhaber Frankreichs hatte der blonde Straßenhändler vertrieben und dazu verurteilt, ein Fremder zu bleiben, dieser kleine Verrückte, der jedem französischen General, den er auf der Straße traf, solange folgte, bis dieser verschwand, grundlos folgte, um einen französischen General grundlos und von ferne zu lieben, um sich die Augen daran satt zu sehen und das Herz zu erfreuen, und weil es wunderbar war, einer solch erhabenen Gestalt mit O-Beinen zwei Meter nahe zu sein, wunderbar, das einschüchternde Eichenlaub zu respektieren und sich daran zu erfreuen, wunderbar, Frankreich zu folgen und zu lieben.

Es war dieser kleine Liebhaber, den der blonde Straßenhändler aus Frankreich vertrieben hatte, es war dieser Fanatiker, der vor der Trikolore begeistert den Hut abnahm, der die französischen Nationalhymne nicht hören konnte, ohne eine starke Gänsehaut zu bekommen, und der die Marseillaise, die auf dem Phonographen im Musikpavillon abgespielt worden war, allein in seinem Zimmer nachklingen ließ, eine Habachtstellung annahm und, ob Dichter oder Trottel, militärisch salutierte und sich dabei begeistert im Spiegel betrachtete, mit vor Patriotismus zitternden Lippen. Dieser Kleine, der von einer verrückten heiligen Schwärmerei für Frankreich besessen war, wurde von dem Straßenhändler für immer mit dem Fluch der Fremdartigkeit belegt, wurde für immer in ein unsichtbares Konzentrationslager geschickt, ein Miniaturlager, ich weiß wohl, ein Lager nur für die Seele.

Von dem Tag des Straßenhändlers an habe ich keine Zeitung mehr in die Hand nehmen können, ohne sofort das Wort zu finden, das mir sagt, was ich bin, sofort und auf den ersten Blick. Und ich finde sogar die Worte, die dem schrecklichen, schmerzhaften und schönen Wort *Jude* oder *juif* gleichen, ich finde sofort *juin* und *suif* und im Englischen finde ich sofort *few*, *dew*, *jewel*. Genug davon.

XXIII

Geliebtes Frankreich, sagte ich in meiner Kindheit, geliebtes Frankreich, sage ich wiederum, während ich dies schreibe, sage ich in meinem hohen Alter, sage ich so kurz vor dem Tod, ich liebe Frankreich, das mir meine Freunde geschenkt hat, meine klugen, lebhaften, schnell sprechenden Freunde, Frankreich, das mir jene unbekannten Leser meiner Bücher geschenkt hat, teure Unbekannte, die mir schreiben und mir sagen, dass sie mich lieben, Frankreich, das mich als fremden Diener seiner Sprache anerkannt hat, Frankreich, dessen Name mir lieb ist.

Frankreich, hohe Königin, die sich mir nähert, sich mit der Anmut und dem Stolz des Genius nähert, Frankreich, zarte, lachende Geliebte mit hellen Augen, o lebendige und erfinderische, o klare und höfliche, o empfindsame und vernünftige, o durch so viel heiteren Zauber bezaubernde, o an allen Gütern im Überfluss reiche, o beredte, o feinsinnige und erwägende, o wortgewandte und mit allem fröhlichen Wissen bewaffnete, o spöttische und gutmütige Geliebte, o Lippen von geschwungener Ironie, o gedankenreiche Mundwinkel.

Frankreich, o junge Mutter und Göttin der Vernunft mit bebenden Nasenflügeln, o nachdenkliche Geliebte mit goldenem Helm, auf dem die Sphinx thront, Trägerin der Lanze und der Ägis, o großzügige und lehrende Geliebte, Frankreich, eines meiner Vaterländer, und ich bin dein Vasall und liebender Bastard und fremder Sohn, denn du hast mich zu dem gemacht, was ich bin, denn du hast mich mit der kostbaren Milch deiner Brust genährt, denn du hast mich nach deinem Genius geformt, o souveräne Wortschöpferin, o scharfsinnig Urteilende, denn du hast mir deine Sprache gegeben, die hohe Blüte der menschlichen Krone, deine Sprache, die die meine und das Land meiner Seele ist, deine Sprache, die mir zugleich ein Vaterland ist.

XXIV

Noch ein wenig Glück, und ich erzähle mir jetzt von meiner großen Liebe zu Viviane, die mit meinem neunten Lebensjahr begann und bis zum Tag des Straßenhändlers anhielt. Danach hatte ich nicht mehr den Mut, meine Viviane wiederzusehen, denn ich wusste von nun an, dass sie mich nicht lieben konnte, dass ich ein böser und ungezogener Junge war, durch und durch bösartig. Doch vor dem Tag, an dem ich den Hass entdeckte, zog ich monatelang jeden Abend vor dem Einschlafen die Decke über meinen Kopf und erzählte mir – gut vergraben und versteckt in meinem Bett, heimlich und ganz allein mit mir selbst, vor Wonne lächelnd und mit geschlossenen Augen – die wunderbare Geschichte von Viviane in allen immer gleichen, sorgfältig komponierten Einzelheiten – mein erster Roman. In Wirklichkeit gab es Viviane nicht, aber sie war meine innig Geliebte.

In dieser Geschichte, die ich mir mit neun Jahren ausgedacht hatte, hatte ich angeblich bei einem Erdbeben in Marseille Viviane kennengelernt, das schönste kleine Mädchen der Welt. Sie war ebenso alt wie ich, mit wunderbaren Beinen und kurzen Söckchen. Wir waren die einzigen Überlebenden dieses Erdbeben, und eine Fügung hatte uns im Keller eines Hauses reicher Leute zusammengeführt. Dieser Keller war von Kerzen erleuchtet, mit edlen Teppichen ausgelegt und besaß eine Quelle mit klarem Wasser, ferner sämtliche Bücher der großen französischen Schriftsteller und köstliche Vorräte wie Seemannskekse, Konserven, glasierte Esskastanien, eingelegte Früchte, Nougat, Konfekt und Schokolade. Alles, um glücklich zu sein. Kerzen und Streichholzschachteln in einer Truhe gaben uns die Gewissheit, dass es nie an Beleuchtung mangeln würde. Zu Anfang hatten wir nur ein Badezimmer in unserem Keller. Doch später waren es zwei, damit sich Viviane nicht genierte, beide mit Kölnisch Wasser. Wegen der moralischen Schicklichkeit gab es auch zwei Schlafzimmer. Alle Eingänge dieses wunderbaren Kellers waren glücklicherweise unter den Trümmern des Erdbebens verschüttet worden. So wurden wir in Ruhe gelassen, Viviane und ich, geschützt vor den Rettern und sicher, entzückende Tage zu verleben.

Nach dem Abendessen, das aus hervorragenden englischen Keksen und verschiedenen Konfitüren bestand, darunter stets herrliche getrocknete schwarze Kirschen, setzte sich meine teure Viviane an den Flügel, nun nicht mehr in Söckchen, sondern in Seidenstrümpfen, und sang mir fremde melancholische Weisen vor. Zu Tränen gerührt, hörte ich ihr zu und liebte ihre so schönen Beine, die die Maschen der Seide anschwellen ließen. Oder sie lag als Reiterin mit glänzenden Stiefeln hingestreckt auf dem Diwan und las mir mit ihrem leicht englischen Akzent etwas vor, während ich sie betrachtete und bewunderte, wie schlank und wohlerzogen sie war. Von Zeit zu Zeit unterbrach sie die Lektüre und lächelte mich durch ihre Locken, durch ihr langes weiches Haar an, immer meiner Liebe gewiss. Oder sie rief mich, um mir ein Bild in dem Buch zu zeigen. Ich näherte mich, wir sahen einander an, und ihre Locken streiften wunderbar meine Wange. Darauf nahm sie meine Hand, drückte sie und schwor mir, dass sie ihr früheres Leben nicht vermisse, weder ihr altes Schloss noch ihre Dienerschaft noch die Bälle noch die Ausritte in dem großen Park. Ach, seufzte sie, hoffentlich entdeckt mein Vater, der Vicomte, nicht unseren süßen Rückzugsort, ich bin so glücklich mit Ihnen, lieber Albert. Kurz, es war das Paradies und ich starb vor Liebe und vor Stolz.

Wenn die Uhr zehn schlug, wünschte Viviane mir eine gute Nacht, reichte mir ihre Hand zum Kuss, und wir schworen einander, uns ein Leben lang zu lieben. Dies alles, alles erzählte ich mir jeden Abend in meinem Bett unter der Bettdecke, und ich lächelte Viviane zu, sehr einfältig und sehr sanft, mit geschlossenen Augen, um sie besser sehen zu können. Ich war ganz jung, ich wusste nicht, dass es böse Menschen gab, und Mama lebte zu dieser Zeit noch.

XXV

Nochmals die Zeit des Glücks, vor dem Tag des Straßenhändlers. Kaum wurde ich am Morgen durch die Karren der Bauern geweckt, die ihr Gemüse zum Markt Saint-Julien fuhren, erzählte ich mir von meinem zukünftigen Esel, einem kleinen Esel, den mein Onkel Armand mir Monate zuvor bei seinem Besuch in Marseille versprochen hatte und den er mir niemals schenkte. Aber ich war voller Vertrauen und glaubte an die Versprechen der Erwachsenen. Ich überzeugte mich also davon, dass mein Onkel dem kleinen Esel nicht die Strapazen einer Eisenbahnfahrt aus Paris zumuten wollte und es vorziehen würde, ihn bei seiner nächsten Ankunft in Marseille zu kaufen. So würden wir ihn zusammen aussuchen. Seither dachte ich jeden Tag an diesen Esel und ich wusste schon, wie er heißen würde. Charmant sollte sein wunderbarer Name sein. Charmant war meine Erwartung und meine Liebe, er war mein Messias mit langen Ohren.

Mein Liebling, sagte ich in meinem Bett zu Charmant, du wirst sehen, wie glücklich du mit mir sein wirst, ich werde dein Freund sein, du wirst sehen, du wirst einen hübschen Stall im Hof haben, einen sauberen Platz nur für dich allein, der jeden Tag gut gefegt wird, und ich lasse dich ausschlafen, du wirst eine kleine Kutsche aus Mahagoni haben, Onkel Armand hat das gesagt, und in der Kutsche wird es niemals schwere Lasten geben, nur mich allein, das wird dich nicht ermüden, ich werde eine schöne Peitsche haben, aber ich werde dich niemals schlagen, ich lasse die Peitsche nur knallen, und du wirst anhalten, wann du willst, wenn du ein wenig müde bist, und ich werde dich oft streicheln, weil du Zuwendung nötig hast, und dann befestige ich eine hübsche Blume an deinem Halsband, du wirst wunderschön aussehen.

Ich wusste, wie ich mich um Charmant kümmern musste, weil ich mich bei Calixte erkundet hatte, einem alten buckligen Bauern, der uns morgens mit seinem Eselskarren Gemüse brachte. Zum Frühstück und zum Mittagessen, sagte ich in meinem Bett zu Charmant, wirst du Heu, Klee und etwas Gerste bekommen, sonntags gibt es Hafer, aber nur einen Liter, weil Hafer unruhig macht, Calixte hat das gesagt, und dann gibt es als Nachtisch, wenn du brav bist, Kohl- und Salatblätter, aber nicht zu viel Zucker, weil das schlecht für deine Gesundheit ist, und dazu ein wenig Salz zur besseren Verdauung, Calixte hat das gesagt, ich werde dich verwöhnen, du wirst sehen. Ich lehnte mich bequem an das Kopfkissen und bot Charmant das Salz auf der flachen Hand an, damit er mich nicht biss, natürlich unabsichtlich, weil er mich sehr liebte. Und dann, fügte ich hinzu, wenn du nach einer Fahrt verschwitzt bist, reibe ich dich mit einem Strohbüschel ab, das wird dir gut tun, Calixte hat das gesagt, du wirst sehen, wie zufrieden du sein wirst.

Im Bett und manchmal mit Handschuhen versehen, weil das den echten Kutscher ausmacht, hielt ich die Zügel meines Esels, ich lenkte ihn, ich warf mich nach hinten, um ihn zurückzuhalten und daran zu hindern, zu schnell zu laufen, ich schalt ihn, wenn er galoppieren wollte, ich warnte ihn, er werde sich einen Fuß brechen. Oder ich erzählte von den Freuden, die ihn erwarteten, von den guten Karotten, die ich ihm zusätzlich zu essen geben würde, und ich würde ihn täglich gründlich, aber sanft bürsten und dabei mit ihm sprechen, weil er ein bisschen unruhig sein würde. Und seine Hufe würde ich mit schwarzem Wachs einreiben und zum Glänzen bringen, mit englischem Wachs, und dann würden wir zusammen spazieren fahren und ich würde nie Hü! zu ihm sagen, weil wir Freunde sein würden, ich würde nur Geh, mein Liebling! zu ihm sagen, und wenn eine Steigung käme, würde ich von der Kutsche absteigen und sie von hinten schieben, um Charmant zu helfen, und wenn wir auf dem Land angekommen wären, würde ich ihn ausspannen, und er würde tun, was er wollte, er würde ganz allein im Gras hüpfen, und er wäre dermaßen zufrieden, dass er seine Nüstern an mir reiben würde, um mir zu danken, um mir zu sagen, dass er mich lieb habe. Verrückt vor Freude, sprang ich mit einem lauten Schrei aus dem Bett, einem Liebesschrei. Charmant, mein Liebling, mein Freund!

Nun genug, genug von der Zeit des Glücks, Schluss mit der glücklichen Zeit. Morgen wird der Tag des Straßenhändlers wieder aufgenommen, der Tag des Unglücks, der Tag, an dem ich zehn Jahre alt wurde. Gehen wir jetzt schlafen, richten wir uns in dem netten Sarg ein. Schlafen ist eine Art von Glück.

XXVI

Du bist ein dreckiger Jude, oder? wiederholte ich in der gebührenpflichtigen Bahnhofstoilette, ein dreckiger Jude, oder? wiederholte ich, und ich dachte über diese

Worte des Straßenhändlers nach, über diesen unerwarteten Satz, der aus mir plötzlich einen Aussätzigen gemacht hatte, über diese unglaubliche Verurteilung, die mich im Alter von zehn Jahren wie ein Blitz getroffen hatte, über dieses Geschenk, das ich zum Geburtstag bekommen hatte. Ach, zu Hause war Mama dabei, das Festessen für mich vorzubereiten, Mama, die nicht wusste, was mir zugestoßen war. Ach, der Tisch, der mich erwartete, der schöne Tisch mit dem großen Kuchen, mit den zehn Kerzen und dem Wein aus Samos, und Mama wusste nicht, dass ich in dieser Bahnhofstoilette weinte. Die Tränen liefen mir aus meinen großen Augen auf meine glänzenden Wangen, ein lächerliches Schauspiel, und meine klappernden Zähne bissen auf meine kirschroten Lippen, denn ich wollte nicht, dass man mein Leid hörte. Dreckiger Jude, dreckiger Jude, wiederholte ich, das Gesicht von Tränen leuchtend, ich versuchte zu verstehen, inzwischen stand ich aufrecht vor der übelriechenden Klosettschüssel und betrachtete mein Los in den Fratzen der feinen Risse.

Jedes Mal, wenn ich eine der Fotografien ansehe, die nach dem Tag des Straßenhändlers aufgenommen wurden, immer noch beunruhigende Fotografien von mir als Kind, immer mit erstaunten und ein wenig verstörten Augen, immer mit halb geöffnetem Mund, wie beim Leugnen, als ob ich stillschweigend eine fürchterliche Anschuldigung zurückweisen, eine mir selbst unbekannte Schuld im Voraus körperlich abstreiten würde, wenn ich also diesen verblüfften Kleinen ansehe, habe ich Mitleid, nicht mit mir, der mir nichts mehr bedeutet und mit dem es bald zu Ende geht, nicht mit mir, sondern mit einen sanften Kind, das solches wirklich nicht verdient. Wenn sie sich wenigstens entscheiden könnten, die Juden erst ab – sagen wir – dem sechzehnten Lebensjahr zu hassen, das würde ihnen zumindest ein bisschen schöne Zeit lassen.

XXVII

Ach, ich weiß, ich weiß, Papa und Mama sind nett, sie sind meine Liebsten, und ich bin auch nett! so protestierte ich plötzlich in dieser Bahnhofstoilette, aufrecht stehend und mit dem Fuß stampfend, um die Menge zu überzeugen, um mich zu überzeugen. Ich bin sehr nett, ich bin sehr nett, schluchzte ich, die Stirn gegen die Mauer gelehnt, den Körper lächerlich schüttelnd, das ist nicht wahr, ihr seid die Bösen, ihr seid die Juden! fügte ich verrückterweise hinzu. Ich verachte euch, ich will, dass ihr mich liebt, weil ich euch liebe, schluchzte ich, unbesorgt um die Logik, und schnäuzte mir reichlich die Nase. Dann schrieb ich mit meinem Bleistiftstummel an die Mauer der gebührenpflichtigen Toilette, dauernd schniefend, ich schrieb kindliche Dummheiten wie Seid gut, und Liebet einander, was wenig überzeugte und nichts änderte. Anschließend nahm ich den einzigen Bonbon aus meiner Tasche, der übrig geblieben war, und steckte ihn in den Mund, um meine Pein zu lindern.

Dann, müde und gealtert, und die Leber tat mir weh, legte ich mich, Albert von zehn Jahren, legte ich mich der Länge nach auf den Boden, auf den schmutzigen Zement, und blieb lange so liegen, die Augen inzwischen trocken, in Begleitung meiner zehn Lebensjahre, den Mund stumpfsinnig geöffnet, in Begleitung meiner kurzen jüdischen Jahre. So liegend, sprach ich ab und zu ein machtvolles Wort, Salomonus oder Glix, in der skeptischen messianischen Hoffnung, einer schwermütigen und illusionslosen Hoffnung, dass dieses Wort eine Wirkung zeigen und mein Unglück beenden würde, dass es bewirken würde, dass das Unglück nicht geschehen war, bewirken würde, dass der Straßenhändler mich nicht verjagt hatte und dass ich jetzt zufrieden zu Hause wäre, mit meiner Mama, meinem Schatz. Manchmal machte ich, in der gleichen Absicht, magische Gesten mit der Hand, indem ich das Unglück schnappte, es fing wie eine Fliege und zerdrückte. Aber ich blieb Jude und erbärmlich, ausgestreckt auf dem kalten Zement meines kleinen Konzentrationslagers. Eben ein Jud'. Ein Jud' am Boden. Ohne Bedeutung. Judenpack, das leidet nicht.

Und plötzlich kam mir die Erleuchtung, dass ich mich später, ja später, wenn ich groß wäre, auf eine grandiose und taktvolle Weise rächen würde. Ich schwor, wenn ich groß wäre, würde ich ihnen von der Höhe eines Berges herab sagen, ich würde ihnen sagen, was sie mir angetan hatten, als ich ein wehrloses Kind war. Ja, ich würde ihnen alles erzählen, und sie würden vor Reue weinen, und ich würde ihnen, mit unendlicher Güte lächelnd, aber majestätisch verzeihen, und wir würden uns umarmen, auf immer freundlich zueinander. Armer kleiner Dummkopf.

Um mein Versprechen an das zehnjährige Kind zu halten, schreibe ich verdrießlich und ohne Hoffnung diese Seiten. Ich weiß, dass die Menschen nicht weinen werden, nachdem sie dies gelesen haben, und dass sie mich nicht mehr lieben werden als vorher. Im Gegenteil, sie werden meine Geschichte ziemlich unsympathisch finden, manche werden ironisch reagieren. Ich kenne sie, ich kenne ihre Art und weiß, dass der alte schreckliche Wunsch mich immer noch an den Mauern erwartet, der alte Tötungswunsch.

XXVIII

Als ich mich entschloss zu gehen, gab ich mein gesamtes Geld der Toilettenfrau, die über meinen langen Aufenthalt empört war, hasserfüllt an die Tür geklopft und mich wie eine erzürnte Göttin gefragt hatte, ob ich heute oder morgen herauskommen würde und ob ich meine Gebete verrichten würde, oder was? Ich gab ihr fürstlich mein gesamtes weniges Geld, um sie zu beruhigen oder um mich zu rächen und sie zu bestrafen, auch sie. Draußen auf der Straße lief ich, misstrauisch blickend, ohne zu wissen wohin. Meine ererbte ewige Wanderung hatte begonnen. Ich war ein Jude geworden und ich lief, ein leichtes, etwas verängstigtes Lächeln auf den zitternden Lippen.

Plötzlich entdeckte ich Tod den Juden, mit Kreide an die Mauer geschrieben. Ich fröstelte und ergriff die Flucht. Doch an der Straßenecke nochmals Tod den Juden. Sie wollten meinen Tod! Warum hatte ich diese drei Worte an den Mauern nicht früher gesehen? Verfolgt von den Todeswünschen, senkte ich die Augen, um sie nicht mehr zu sehen.

Ich lief mit gesenkten Augen durch die leere Straße. Aber manchmal hob ich heimlich die Augen und warf einen schnellen, prüfenden Blick auf die Mauern, in der schrecklichen Erwartung, die drei Worte zu sehen, aber auch mit einer Art Hoffnung, die drei Worte zu sehen, und mit einer seltsamen Genugtuung, falls ich die drei Worte sehen würde, diese Devise der Nächstenliebe, ihrer Liebe.

XXIX

Tod den Juden, wiederholte ich auf der Straße, als wären diese drei Worte von nun an die einzigen natürlichen Worte meiner Seele. Plötzlich Schritte, Gesang, und ich versteckte mich hinter einem Pissoir. Mit einem Gefühl von Schuld und geschützt durch meine Festung aus melancholischem grünem Gestank betrachtete ich diese Studenten mit albernen Samtmützen, die Blüte des Geistes und Söhne ihrer Papas, die grölend und zukunftsgewiss vorbeizogen, die es natürlich fanden, glücklich zu sein, und sich nicht scheuten, zu grölen und Aufmerksamkeit zu erregen, denn sie waren zu Hause, sie verließen sich darauf, in ihrem eigenen Land zu sein. Ich war ein schwacher Ausländer, und vielleicht verachtete man mich deswegen. Sie waren fröhlich und ich war traurig, so alt, so müde, gerupft, eine erschlagene Nachtigall. Ach, diese jubelnden Studenten, vulgär in ihrer Jugend, diese Glückskinder wussten, was sie morgen sein würden, Notare oder Ärzte oder Offiziere oder Beamte, morgen glücklich verheiratet mit glücklichen Frauen, von der Wiege bis zur Bahre durch ihre Verwandtschaft zärtlich begleitet, durch ihre Ehebündnisse, ihre Freundschaften, ihre Beziehungen, ihre Institutionen, ihr Vaterland. Sicherlich, ich war viel zu klein, um mir das klarzumachen, aber ich fühlte, dass ihnen später alles leicht fallen würde und mir alles schwer.

Die Studenten hatten angehalten, sich an den Armen untergehakt und ein Lied angestimmt, in dem es um drei Goldschmiede ging, die bei drei anderen Goldschmieden zum Essen gingen, ein Lied, das ich nicht verstand, aber ich erriet, dass es gemein war. Hinter meinem Pissoir betrachtete ich sie neidisch, und von neuem wiegte ich mich hin und her wie meine Väter, wiegte mich von hinten nach vorne und von vorne nach hinten wie für ein uraltes, ständig wiederholtes Gebet. Sie waren glücklich, diese Studenten. Verdienten sie ihr Glück? Mechanisch wiegte ich mich hin und her, traurig zerkaute ich die Luft, und das Leben hatte einen schlechten Geschmack. Dann grölten sie, heiter schwankend, noch immer brüderlich untergehakt, ein weiteres Lied der jubelnden Bourgeoisie, sie grölten: Ein Hoch auf die Studenten, meine Mutter, ein Hoch auf die Studenten, sie haben Frauen und keine Kinder, ein Hoch auf die Studenten, und ich fühlte mich getröstet. Es war gut, dass es nicht nur Juden auf der Welt gab, dass es das Glück für die anderen gab. Ich tröstete mich in meinem Unglück mit dem Glück derer da drüben, und ich nahm meine Wanderung wieder auf.

XXX

Ich hatte die kleinen Straßen verlassen und trieb einsam die Canebière entlang, sprach mit mir selbst, gab mir mutige und vernünftige Ratschläge und tröstete mich mit Gesten in der großen, an diesem sonnigen Nachmittag belebten Straße, in der lärmenden Straße mit den großen Cafés, deren nach Absinth riechende Terrassen von Hunderten Gästen wimmelten, die glücklich gestikulierten und mich feindselig betrachteten und ein bezeichnendes Lächeln austauschten. Sie alle drehten sich um und machten einander darauf aufmerksam, dass der Jude da war – und Achtung, schließt eure Türen zweimal ab! Ich erkannte alle diese Leute wieder, es waren die Leute des Straßenhändlers. Ach, wie glücklich sie waren, diese bösen Menschen, ach, wie böse sie waren, diese Glücklichen!

Ja, eine Epidemie, um ihnen ihre Sicherheit zu nehmen, allen diesen Glücklichen in den Cafés! Nein, keine Epidemie, nahm ich sofort zurück, ich bin nicht wie sie, ich bin kein böser Mensch, ich nicht. Oder sie vielleicht mit einer Pistole bedrohen, mit einer Spielzeugpistole, aber gut nachgemacht, alle, die dort saßen, bedrohen, ihnen Angst machen und ihnen sagen: Liebt mich oder ich töte euch! Genug, ich will mich nicht länger mit ihnen beschäftigen. Was kümmern mich diese bekleideten Affen, die sich auf ihren zwei Beinen ernst nehmen? Ein bärtiger Mann mit Ringen an den Fingern, die bläulich-weiße Funken sprühten, höhnte: Er ist ein Jude und das sagt alles, mein Lieber! Ich flehte ihn mit Blicken an und lief, hämmernde Ängste in der Brust, mit der Sünde meiner Geburt davon.

XXXI

Vor dem Eiscafé spielte ein Blinder auf einer kleinen Orgel eine Melodie, die meine ganze Melancholie enthielt. Ich blieb stehen, ich spürte undeutlich ein Band zwischen meinem Elend und dem Elend dieses Unglücklichen, aber ich hatte nicht den Mut, ihn anzusprechen und nahm meinen Weg wieder auf, schwenkte meine Schultasche und begann, mechanisch etwas aufzusagen. Achtung, keine Langeweile aufkommen lassen. Der Schmerz nutzt die erste Bresche der Langeweile und schleicht sich mit seinem Gefolge ein. Um ein Interesse am Leben zu haben, um zu vergessen, wer ich war, drückte ich meinen rechten Augapfel, was eine optische Illusion erzeugte, und ich sah zwei Straßen, eine richtige oben links, die in eine weniger richtige unten rechts überging. Eine kleine Unterhaltung. Man tut, was man kann. Dann kniff ich das linke Auge fest zu und lief zur Abwechslung einäugig. Ein anderes Schmerzmittel. Dann sang ich leise, ich summte, dass ich nicht unglücklich sei, dass mir egal sei, was der Straßenhändler gesagt hatte, dass ich Mama hätte, die mich liebte, und das sei genug.

Um mein Leid nicht zu fühlen, sang ich ohne Unterlass, ich sang wie die Studenten, ich sang: Ein Hoch auf die Juden, meine Mutter, ein Hoch auf die Juden, sie sind böse, sie lieben das Geld, ein Hoch auf die bösen Juden! Ich sang auch, Dreyfus sei mein Kumpel, mein einziger Kumpel, und dass er mich liebt, mich liebt wie ein zärtlicher Bruder. Oder ich redete, blöde vor Verzweiflung, mit lauter Stimme Kauderwelsch, ich sagte die Sahne des Abendlands statt die Fahne des Vaterlands,

Mayonnaise statt Marseillaise, ich verhunzte die Wörter, um die Zeit totzuschlagen, um zu glauben, ich sei fröhlich, vielleicht um traurig Rache zu nehmen.

Plötzlich blieb ich vor dem Türkischen Café stehen und blickte wie benommen. War der Straßenhändler hierhergekommen? War das wirklich die Canebière, existierte sie? Und die Menschen, waren sie wirklich lebendig? Ich suchte mit meinem kleinen Spatzenhirn nach dem großen Geheimnis. Ja, warum das alles, warum das Unglück, warum dieser andere Bettler, den die Fettsäcke, die im Café saßen, nicht beachteten, warum dieser fahrende Sänger, dem keiner zuhörte, und doch verwandte er so viel Liebe darauf, schön zu singen, warum ich ganz allein auf dieser Canebière, lange nach der Krönung Karl des Großen, ganz allein und klein, ohne Freunde, verachtet von allen, was hatte ich auf dieser Welt zu suchen, und warum, warum war ich ein Jude?

XXXII

Stimmen riefen mir zu, ich solle verschwinden, sie riefen: Wir wollen hier keine Juden, und die Tische der feindseligen Terrassen drehten sich wie ein Karussell um mich, und diese Drehung nahm eine bedrohliche Geschwindigkeit an, und es gab keine Tische mehr, sondern gewölbte graue Streifen, die ins Unendliche verliefen, schwindelerregend unbeweglich, und der Boden gab nach, bekam Wellen, und ich versank darin. Ich wechselte die Straßenseite und lehnte mich an eine Mauer, nahe dem Kino Max Linder. Liebt mich, flüsterte ich mit geschlossenen Augen, liebt mich, flüsterte ich, ein Bettler der Liebe, während die Glücklichen vorübergingen.

Als der Schwindel vorüber war, fühlte ich, dass es heilsam wäre, mit Leuten zu reden, und ich nahm meinen Weg wieder auf. Ich hielt vor einem Zeitungskiosk in der Hoffnung, ein Gespräch mit zwei wohlbeleibten Männern anzufangen, die die ausgehängten Zeitungen gratis lasen. Ich trat näher heran und las mit halblauter Stimme, wobei ich lächelte, um natürlicher zu wirken. Plötzlich war ich meines Erfolgs sicher und streifte einen der beiden, damit er meine Anwesenheit wahrnähme, aber er wich zurück.

Da sich keiner der beiden Dicken um mich kümmerte, machte ich einen Annäherungsversuch. Ich nahm die Fotografie eines Zeppelins als Vorwand, und ich lächerlicher Kleiner beschrieb die Zukunft dieser Erfindung und die Brüderlichkeit, zu der die künftige Erleichterung des Verkehrs führen würde. Aber ich war zu sanft, lächelte zu sehr, zu offensichtlich begierig, Interesse zu wecken, war im Unglück und vor Zärtlichkeit zu feminin, zu sehr bemüht, zu gefallen und geliebt zu werden, und ich wirkte verdächtig. Zu sehr bemüht auch, intelligente Dinge zu sagen, von denen ich glaubte, sie würden mich liebenswert machen. Ich armer kleiner Kerl war derart hungrig nach Liebe, dass ich abstoßend wurde. Vor allem mein liebliches Lächeln musste sie stören. Ach, wie dumm war es zu glauben, dass – wenn man intelligent und zärtlich wäre – man nicht nicht geliebt werden könnte. Ich wusste noch nicht, dass die Menschen nur die Stärke lieben, die letzten Endes die Macht zu töten ist. Ich spürte das feindliche Misstrauen der beiden Biedermänner, ich spürte mein Scheitern, aber ich sprach weiter, führte Selbstgespräche, ohne eine Antwort zu bekommen, ich gab die Hoffnung nicht auf, hoffte, einen großen Coup zu landen, indem ich über Ikarus sprach, versuchte verzweifelt, ihr Interesse zu wecken, indem ich ihnen das Abenteuer des Sohnes von Dädalus erzählte. Während ich hervorholte, was ich gerade in einem Buch gelesen hatte, bat meine Seele diese beiden schrecklichen Stummen insgeheim, mir zu antworten, mich zu lieben. Sie gingen gemeinsam weg und ich hörte sie lachen.

Ich gab mich nicht geschlagen und mischte mich unter eine Gruppe von Leuten, um wie sie zu versuchen, über die Festnahme eines Matrosen zu diskutieren, der von zwei Polizeibeamten abgeführt wurde. Wie sie, dabei sein, sich verbrüdern, geliebt werden, vor allem geliebt werden. Ich fragte einen der Schaulustigen unbeholfen, den Mund nervös zusammengezogen, warum der Matrose verhaftet worden war, aber ich konnte nicht anders, als beim Fragen zärtlich zu lächeln. Verloren! Ein entsetzliches Lächeln, das mich zugrunde richtete. Der Mann sah mich aufmerksam an, ohne ein Wort zu sagen, und ich stahl mich davon. Er hatte es erraten! Weiter weg grüßte ich, um normal zu erscheinen, um gesund zu wirken, einen ehrenwerten Herrn, als ob ich ihn kennen würde, und lief sogleich erschrocken fort.

XXXIII

Müde vom vielen Laufen ging ich mechanisch weiter, ein monotoner Exkommunizierter, mein Körper war mir fremd, bewegte sich ohne mich, und mein Schädel brummte, und ich sagte sonderbare Sprüche auf, wobei ich mit dem rechten Arm gestikulierte, und ich hörte Anspielungen, und Blicke überwachten mich, und aus den Fenstern zeigten Finger auf mich, und Stimmen sagten mir, ich solle verschwinden, und ich wurde von der geschminkten Zwergin im gelben Seidenkleid und mit goldenen Tanzschuhen verfolgt, eine Zwergin ohne Hals, eine schwankende Nina auf muskulösen Beinen, und ich hörte ihren Atem hinter mir, und sie setze zum Sprung auf mich an, um in meinen Nacken zu beißen oder mich zu umarmen, und ich wusste, dass es nicht wahr war, dass sie nicht existierte, aber ich hatte Angst und wagte nicht, mich umzudrehen.

Mein Freund, mein Geliebter, flüsterte ich und blieb stehen, ich schüttelte mich, ich strich mit der Hand über meine Stirn, um nicht mehr krank zu sein, und ich erinnerte mich, dass ich vorhin vor dieser Kirche am oberen Ende der Allées de Meilhan getanzt hatte. Ja, tatsächlich hatte ich getanzt und die flachen Hände gen Himmel gehoben, sie dann geküsst, weil Gott sie gesehen hatte, ja, ich hatte vor der Kirche und der ganzen Güte der Welt ein wenig getanzt, aber die Menschen hatten es nicht bemerkt, ich hatte meine Gesten berechnet und mein Spiel gut verborgen. Ja, zur Kirche zurückkehren, in aller Heimlichkeit tanzen, das war die Rettung.

XXXIV

Ich blieb vor der Kirche stehen, um sie zu betrachten, um ihr zuzulächeln, sie zu lieben. Ja, dachte ich, ein

Haus der Güte, diese Kirche, und beim Eintritt legen sie ihre Bosheit ab, vielleicht geben sie sie bei der Frau an der Garderobe der Kirche in Verwahrung, und die Dame gibt ihnen eine Nummer, und wenn sie hinausgehen, geben sie ihr die Nummer zurück und nehmen ihre Bosheit für die ganze Woche wieder in Empfang, und kaum haben sie die Kirche verlassen, beeilen sie sich, die Juden zu verachten, und vielleicht hat ihnen die Garderobenfrau für die Dauer der Messe eine Güte geliehen, und beim Hinausgehen, ja, geben sie ihr die Güte zurück und nehmen ihre Bosheit in Empfang.

Ja, dachte ich, solange sie in ihrer Kirche sind, halten sie sich für freundlich, sie glauben, sie seien freundlich, weil sie freundlich alle zusammen ein freundliches Lied singen, ein Lied von großer Freundlichkeit, und während dieser Zeit sind sie vielleicht wirklich freundlich, aber dann verlassen sie die Kirche, und es ist Schluss, draußen sind sie nicht mehr freundlich und sie beeilen sich, Tod den Juden an die Mauern zu schreiben.

Nein, alle diese Gedanken waren nicht wahr, es waren kleine Tierchen im Inneren meines Kopfes, knackige knusperige Tierchen, die mich krank machten, lügenhafte kleine Tierchen, die in die Runde liefen, und außerdem waren es vielleicht nur die, die nicht wirklich katholisch waren, die die Juden verachteten, die an die Mauern schrieben. Ja, die wahren Katholiken waren bestimmt sehr gütig. Genug, genug, jetzt tanzen.

Immer noch tanzen, ja, tanzen für Jesus, der gegenüber in der Kirche war, Jesus, der gütig war, derart gütig, dass er sogar die Bösen liebte. Auch ich liebte sie, wenn auch nur ein wenig. Ja, tanzen für Jesus, der mich niemals verjagt hätte, lange tanzen und in den Himmel schauen, von wo aus Jesus mich sehen würde, Jesus, der mich niemals verjagt hätte.

XXXV

Genug, genug dieser unwahren Geschichten, genug, nicht mehr tanzen, das war krankhaft, das war gefährlich, vor allem wenn man die Arme ausbreitete. Rasch vor das Eiscafé zurückkehren und mit dem blinden Orgelspieler sprechen, ihn am Arm fassen. Sprechen wir zusammen, erzählen Sie mir ihr Unglück, ich erzähle ihnen meines, wir werden uns zusammen trösten, wir werden Freunde sein. Ja, das war die Rettung. Die Blinden waren unglücklich, sie würden sicherlich die Juden lieben, und außerdem konnte der Arme mein Gesicht nicht sehen, dies Gesicht, das mich verriet. Mein Freund, mein Geliebter, flüsterte ich und eilte zu dem Blinden, der Jesus glich.

Plötzlich war ich sicher, dass ich den Blinden nicht wiederfinden würde, und blieb stehen. Er war bestimmt fortgegangen, er machte seine Bettlerrunde, ich hatte ihn verloren, ich hatte meinen Freund verloren. Nur Mut, nicht verzweifeln. Reglos verharrend, quälte ich eine meiner Locken, um besser nachdenken zu können, löste sie auf, drehte sie wieder zusammen, zog fest an ihr, riss einige Haare aus, auf der Suche nach einer Möglichkeit, einem Heilmittel. Ein wunderschönes Gedicht schreiben? Ein Gedicht, in dem ich erklären würde, dass wir uns seit der Zeit der Propheten nicht geändert hätten, dass wir nicht durch und durch bösartig seien, außerdem hätten wir die Bibel geschrieben und auch die Zehn Gebote, und außerdem würde ich so gerne mit den Christen befreundet sein. Lasst mich euch lieben, so würde das Gedicht anfangen, ein so wunderschönes Gedicht, dass alle Mitleid hätten und mich lieben würden.

Ich legte meine Hand auf die Stirn, um meinen Kopf zu stützen, der plötzlich schwer geworden war. Nein, ich vermöchte es nicht, das Gedicht wäre nicht schön genug, und sie würden mich niemals lieben. Tja, sei's drum, ich kann auf sie verzichten und würde mit Mama glücklich sein, ich würde sonntags mit ihr ausgehen, wir würden spazieren gehen, wir würden einen Ausflug an die Corniche machen, ein Picknick veranstalten und wir würden sogar zusammen ins Theater gehen, zu den Matineevorstellungen am Sonntag, und wenn ich groß wäre, würden wir verreisen, sie und ich, wir würden gemeinsam andere Länder sehen und wir hätten niemanden nötig. Komm, mein Lieber, sagte ich zu mir selbst und nahm meinen Weg wieder auf, dabei lächelnd, unentwegt lächelnd, um zu versuchen, glücklich zu sein.

XXXVI

Ich irrte mit verschwommenem Blick umher, und ich sagte mir und sagte mir immer wieder, dass es so einfach gewesen wäre, so einfach, dem Straßenhändler nicht zuzuhören, dass ich dem Straßenhändler ebenso gut nicht hätte zuhören können, ebenso gut nicht in mein Unglück hätte laufen können. Ach, warum, warum nur war ich in mein Unglück gelaufen? Ach, noch genau eine Minute, bevor ich dem Straßenhändler zuhörte, hätte ich entscheiden können, dem Straßenhändler nicht zuzuhören, und dann wäre alles gut gewesen, und an diesem Abend hätte es ein Essen zu meinem zehnten Geburtstag gegeben. Ach, Gott hätte mich hindern müssen, dem Straßenhändler zuzuhören. Er hätte einen Unfall einrichten und veranlassen können, dass ich mir den Fuß verrenke, und dann hätte ich dem Straßenhändler nicht zugehört, ich wäre nach Hause gegangen, ich wäre jetzt glücklich gewesen, so glücklich mit Mama, und ich würde so viel mit ihr reden, meine Mama, mein Glück, und ich wäre nicht in mein Unglück gelaufen.

Ich irrte mit großen Augen umher, den Mund halb offen, ich irrte umher, bestürzt von der Entdeckung, und plötzlich sagte ich mir: Nein, das war nicht wahr, das war nur so ein Gedanke, das Unglück war nicht geschehen, ich hatte dem Straßenhändler nicht zugehört, das war nur eine Erfindung meines Kopfes, und ich ballte die Fäuste, um es zu glauben, aber ich wusste, dass es nicht nur so ein Gedanke war, dass es wahr war, dass das Unglück geschehen war.

Ich irrte umher und flehte zu Gott, ich bat Ihn um ein Wunder, um das Wunder, dem Straßenhändler nicht zugehört zu haben, ich bat Gott, die Zeit zurückzudrehen, ich bat Ihn, mich in die Minute vor der Entscheidung zurückzuversetzen, dem Straßenhändler zuzuhören, und dann könnte ich entscheiden, dem Straßenhändler nicht zuzuhören, und das Unglück wäre nicht geschehen, und ich wäre heute Abend beim Fest zu meinem zehnten Geburtstag glücklich. Gott, lieber Gott, sagte ich, um Ihn zu besänftigen. Aber ich wusste, dass Er kein Mitleid haben würde, dass ich nicht wichtig genug wäre, und ich setzte meinen Weg fort, ich sang falsch, um die Leere zu füllen, und alles in allem: was soll's, was soll's, dass ich dem Straßenhändler zugehört hatte, ich hätte ohnehin bald erfahren, was ich war, ich hätte es von irgendeinem anderen bösen Menschen erfahren, ich hätte erfahren, dass ich ein Verfluchter war, durch und durch bösartig, ein Blutsauger armer Leute.

XXXVII

Ich irrte umher, ein bedrückter Blutsauger armer Leute, ich irrte mit Schmerzen in der Brust umher, ich irrte umher und nahm von Zeit zu Zeit meine Schultasche von einer Hand in die andere, ich irrte umher und machte Grimassen, um durch und durch bösartig zu sein, ich irrte umher und verzog den Mund, um traurig Goldmünzen zu verschlingen, und plötzlich offenbarte sich mir mein Schicksal. Zu Hause immer allein, um mich zu vergnügen, ohne dass je ein Freund mit mir spielen würde, immer allein beim Spiel, immer allein, um vor dem Spiegelschrank ein Oberst zu sein, immer allein, um vor dem Spiegelschrank Frankreich zu retten. Beim Jahrmarkt auf La Plaine immer allein, würde ich den Kindern zuschauen, die ohne mich spielten, und ich würde mich mit einem einsamen Sahnebaiser trösten oder einsam auf den kostenpflichtigen Schaukeln des Jahrmarkts schaukeln oder einsam zur Manege der Holzpferde laufen, und um mich wieder aufzumuntern, würde ich stets das kühnste Pferd aussuchen, das Pferd, das auf und ab reitet, während es sich um die Limonade spendende Orgel dreht. Donnerstags, immer allein auf den Straßen, würde ich einsam den geliebten französischen Offizieren folgen, den Generälen oder Obersten, die mich nicht liebten und mich nie lieben würden.

Ja, immer allein, und jetzt wusste ich, warum. Wir wollen hier keine Juden, hatte der Straßenhändler gesagt, das ist 'ne Drecksrasse, hatte der Straßenhändler gesagt, und mit Viviane war Schluss, sie konnte mich nicht lieben, sie würde mich nie mehr lieben, und mit meinem Esel Charmant war auch Schluss, Onkel Armand hatte mich belogen, ich wusste es jetzt, und Gott war auch ein Lügner: Er sagte, dass Er uns liebe, und das war nicht wahr. Lügner, sagte ich zu Ihm und sah zu Ihm nach oben.

XXXVIII

Ja, immer allein und niemals geliebt, flüsterte ich, ging rastlos weiter, immer Jude, mein ganzes Leben lang Jude, flüsterte ich, und ich hustete, gehasst von den Menschen, die ich liebte, ich hustete stark, um meinen Schmerz herauszulassen, vielleicht um den Schmerz kundzutun und Mitleid mit mir selbst zu haben, vielleicht auch, um Aufmerksamkeit auf mich zu ziehen. Aber die Glücklichen liefen vorbei, mit sich selbst beschäftigt. Sollte ich in diese Konditorei gehen und Kuchen essen? Nein, das Glück würde nicht dauern, es wäre vorbei, sobald die Kuchen alle wären. Man müsste ununterbrochen Kuchen essen können, bis zum Tod Kuchen essen.

Ich zuckte zusammen und blieb stehen. Ach, diese beiden Arbeiter, die freundlich auf einer Treppe am Hauseingang zusammensaßen, zwei Maurer, die sich nach getaner Arbeit ausruhten, sie rauchten zusammen, sie redeten unter Freunden, sie lächelten sich an, wie schön war das, und zuletzt beim Abschied sagten sie Auf Wiedersehen, bis morgen und guten Appetit, wie schön war das, sie schüttelten sich die Hand und sahen sich an, immer noch lächelnd und sich liebend, wie schön war das! Auf Wiedersehen, Albert, bis morgen, flüsterte ich, und meine rechte Hand schüttelte meine linke, und ich nahm meinen Weg wieder auf.

XXXIX

Ich lief und vermied, die Mauern anzusehen, pfiff eine falsche Melodie, um entschlossen zu wirken. Ja, die Entscheidung war gefallen: Freunde haben, so befahl ich mir mit dem Zeigefinger, Freunde haben, die mich lieben würden, aber keine erfundenen Freunde, wirkliche Jungen, die wirkliche Freunde sein würden – ich würde sie in der Synagoge suchen, und sie würden zum Spielen zu mir nach Hause kommen, und ich wäre nicht allein.

Ich blieb vor der Tür eines Hauses stehen, das mit Karyatiden verziert war, und schloss die Augen, um zu sehen, was passieren würde. Nein, das würde nicht gehen, wir würden wissen, warum wir gezwungen waren, unter uns zu spielen, nur Kinder unserer Religion, wir würden den Grund kennen, wir würden wissen, dass man uns nicht wollte, und wir würden keine Lust haben, zusammen zu spielen, wir würden nur mit gesenktem Kopf grübeln, dann den Kopf heben und uns sprachlos ansehen, jüdische Kinder, wir würden unser Unglück ansehen. Tja, dann ist es eben so, allein leben, entschied ich, stieß die Tür des prächtigen Gebäudes auf und setzte mich auf die unterste Stufe der Marmortreppe, um nachzudenken und mein künftiges Leben einzurichten.

XL

Ja, allein leben, entschied ich, während ich auf einer Stufe der prunkvollen Treppe saß, allein leben, ganz allein glücklich sein, glücklich mit mir sein, die anderen nicht mehr nötig haben, nicht mehr nach draußen gehen, immer in meinem Zimmer bleiben, es schön ausstatten und immer aufgeräumt halten, mit Blumen, und hier würde mein Land sein, ein Land, in dem ich glücklich wäre, mein eigenes kleines Frankreich, mit vielen französischen Büchern, die meine Freunde wären. Ja, mein Albert, sagte ich mir mit lauter Stimme, um nicht allein zu sein, ja, das ist die richtige Entscheidung, glaube mir, das wird das Glück sein, du wirst sehen, und von neuem schüttelte ich mir meine linke Hand mit meiner rechten, ein Handschlag unter Freunden. Vielleicht einen Hund kaufen? Er würde bei mir bleiben, während ich lesen würde, er würde mich mit liebevollen Augen ansehen. Nein, kein Hund. Ein Hund muss draußen spazieren geführt werden, und draußen gibt es die Bösen, draußen gibt es ihre Mauern.

Einverstanden, entschied ich, niemals mehr ausgehen, immer eingesperrt in meinem Zimmer bleiben, eingesperrt und eingeschlossen in meinem Zimmer, das wäre das Glück, die Fensterläden auch am Tage schließen, um nicht nach draußen zu sehen, auch die Vorhänge zuziehen, um nichts von draußen hereinzulassen, und mir auch am Tag Licht mit einer Petroleumlampe machen, und den ganzen Tag in meinem eigenen kleinen Land unter dem sanften Licht der Petroleumlampe lesen, alle Bücher der großen französischen Schriftsteller lesen, in meinem Zimmer hätte ich das Recht, ihre Bücher zu lesen, und die großen französischen Schriftsteller wären meine Freunde und sie würden mich lieben, in meinem Zimmer hätte ich das Recht, und ich würde ihre Bücher jeden Tag in meinem Zimmer lesen, in meinem eigenen kleinen Land, meinem kleinen Frankreich, dem Land der geschlossenen Fensterläden, dem Land der Bücher, ich würde sie unter der stets brennenden Lampe lesen, dicht unter dem gelben Rand des Lampenschirms, weit weg von den Straßen, den Mauern, in meinem eigenen kleinen Frankreich.

Nachdem ich über mein künftiges Leben entschieden hatte, stand ich auf und drückte einen Kuss auf meine Hand, vielleicht einen Kuss an mein eigenes kleines Frankreich. So nahm ich an diesem Tag, an dem ich zehn Jahre alt wurde, meine Wanderung auf dem Weg meines Lebens wieder auf.

XLI

Auf Höhe des Cours Belsunce bemerkte ich eine Kreideinschrift und wandte den Blick ab, um sie nicht zu lesen, doch ich drehte mich, unwiderstehlich angezogen, sofort wieder um, ich weidete mich an dem Wunsch nach meinem Tod, den vielleicht ein guter Sohn geschrieben hatte. Mit gebeugtem Rücken, der schwer war aufgrund meiner Herkunft, nahm ich meine Wanderung wieder auf, die Augen gesenkt, um nicht entdeckt zu werden, aber heimlich nach Gefahren Ausschau haltend, die Augen plötzlich verdutzt und rund machend, um die Zeit zu vertreiben, plötzlich forschende Blicke auf die Mauern richtend, ein Jäger auf der Lauer nach Aufrufen zum Mord, die ich unaufhörlich suchte, um mich in meiner Verzweiflung daran zu ergötzen, plötzlich zwei Leutnants beneidend, die mit fröhlicher Gewissheit einhergingen und von der Legitimität ihrer Existenz überzeugt waren, die laut sprachen, ohne zu befürchten, Aufmerksamkeit zu erregen. Sie würden eines Tages Oberste werden. Ich beschleunigte meine Schritte, um sie nicht mehr zu sehen und nicht darunter zu leiden.

XLII

An einer Biegung der Straße blieb ich vor dem Spiegel eines Geschäfts stehen und erschrak vor dem erschreckten Kind, das mich mit gesenktem Kopf und aufgeschlagenen Augen ansah, unsympathisch im Unglück, abstoßend im Unglück, und ich verachtete es und liebte es aus Mitleid, und ich betrachtete es mit wütendem

Groll. Du bist'n dreckiger Jud', oder? sprach ich zu ihm, ich seh' das an deiner Fresse, du kannst abhauen, du bist hier nicht zu Hause. Ich verschwand, um mich nicht länger im Spiegel zu sehen, um nicht länger die zu großen Augen mit langen gebogenen Wimpern zu sehen, Sternenaugen, glanzvolle Gefährten aus den Tiefen der Jahrhunderte, arme Verfluchte.

Tod den Juden, schrie mich eine Mauer an, und ich floh, durch und durch bösartig und Blutsauger armer Leute, in Schweiß gebadet und die Lippen bewegend, und plötzlich hob ich die Hände hilferufend gen Himmel und bat Gott lächerlicherweise, ihnen zu befehlen, gut zu sein, nicht mehr zu schreiben, nicht mehr an die Mauern zu schreiben. Bitte, bitte, Gott, flehte ich.

XLIII

Und wenn ich zu diesem Friseur ginge? fragte ich mich am unteren Ende der Rue de Rome. Ich würde ihn bezahlen und er würde sich um mich kümmern, er würde sich für mich interessieren, weil er nicht wüsste, was ich war. Nein, unmöglich, ich hatte mir erst gestern die Haare schneiden lassen. Du musst am morgigen Tag, an dem du zehn Jahre wirst, schön frisiert sein, hatte meine Mutter gesagt. Oder eher zu einem Arzt gehen und so tun, als sei ich krank? Ich würde ihn bezahlen und er würde mich freundlich befragen, er würde sein Ohr an meine Brust legen, ich würde seine gepflegten, wohlriechenden und sorgfältig gescheitelten Haare riechen, und dann würde er mir ein Rezept schreiben, wir würden ein wenig Freunde sein, weil er es nicht wüsste.

Mein Freund, mein Liebling, flüsterte ich. Nein, unmöglich, ich hatte nicht genug Geld, um ihn zu bezahlen. Ich lachte höhnisch, plötzlich erwachsen geworden. Sieh an, sieh an, sagte ich mir, auch sie lieben das Geld! Ein Polizeibeamter mit Schmachtlocken, der eine erloschene Zigarette hinter dem Ohr hatte, musterte mich. Ich setzte eine Unschuldsmiene auf, pfiff fehlerfrei und wechselte die Straßenseite.

Ein Mann stand vor einem Plakat. Ich hielt an und las das Plakat mit halblauter Stimme in der Hoffnung, er würde mit mir darüber reden, was mich retten würde. Aber er wollte nicht. Ich verachtete alle Welt. Oh, ihr anderen, seht ihr nicht, dass ich nicht ohne euch leben kann, seht ihr nicht, dass ich euch liebe, seht ihr nicht, dass ich daran sterbe? rief ich mir lächerlicherweise selbst zu. Oh, ihr anderen, liebt mich, liebt mich, weil ich euch liebe, rief ich mir lächerlicherweise selbst zu. Hau ab, wir wollen hier keine Juden! Ich machte mich auf den Weg, begleitet von unserer alten Schmerzensmutter, der ehrwürdigen Mutter der Juden.

XLIV

O Einsamkeit, o Erwartung der Liebe, o lächelnde Juden, o armes übertriebenes Lächeln, das hofft, durch Liebe liebenswert zu sein, o vergebliche Zärtlichkeit meiner lächelnden Brüder, die zu viel lächeln und zu viel hinnehmen, o christliches Misstrauen, das man ahnt, o Kälte und Zurückhaltung, o Enttäuschung und Schweiß erduldeter Schmähungen, o rasche Blicke, Blitze unter den Augenlidern und heimliche, stählerne

Strahlen, Blicke auf die Mauern und ihren Hass und ihre mörderischen Schreie, verletzte Blicke, die sofort gesenkt werden, o ergebene Rücken, Rücken, die Schmerzen tragen, Rücken, die gekrümmt sind von Ängsten und Flucht und keuchendem Lauf über viele Jahrhunderte und durch gefährliche Gassen, o Rücken, die über das Buch gebeugt sind, jahrhundertelang gebeugt über unser heiliges Gesetz, o getrunkene Demütigung und verschwiegene Scham, o unsere traurigen wissenden Augen, Augen, die auf das Unglück warten, kenntnisreiche Augen, Augen, die ungläubig sind und bezahlt haben, weil sie ungläubig waren, Augen des königlichen Wissens und der Ernüchterung, o unsere melancholische Klarheit, o desillusioniertes Grinsen in den Mundwinkeln, o Spott und Ironie enttäuschter Liebe, erbärmliche Rache der Leidenden, o geheime Tränen, die hinter dem Lächeln verborgen sind oder auf den papierenen Seiten der Einsamen, o alle unsere Tränen, unversiegbare Tränen durch die Zeitalter, Tränen der Märtyrer und Zeugen, unzählige Tränen Israels, reine Diamanten aus seiner verbeulten Krone.

XLV

O mein Volk, mein leidendes Volk, ich bin dein Sohn, der dich liebt und dich verehrt, dein Sohn, der niemals müde werden wird, sein Volk zu loben, das treue Volk, das tapfere Volk, das Volk, das den Nacken nicht beugt, das auf seinem heiligen Berg dem kaiserlichen Rom die Stirn bot und das mächtigste der Reiche sieben Jahre lang erzittern ließ. O meine Helden, die neunhundertsechzig Belagerten von Massada, die sich am ersten Tag des Pessachfests im Jahr 73 selbst töteten, die sich alle töteten, anstatt sich dem römischen Sieger zu ergeben und dessen verachtenswerte Götter anzubeten.

O meine ausgehungerten Wanderer, in so vielen fremden Ländern in Gefangenschaft, sie schleppten ihre hartnäckige Hoffnung durch die Jahrhunderte und weigerten sich stets, sich mit den Nationen des Exils zu vermischen und sich zu verlieren. O mein stolzes Volk, das eifersüchtig auf sein Überleben bedacht ist und seine Seele bewahren will, Volk des Widerstands, das nicht ein Jahr lang, fünf Jahre, zehn Jahre oder zwanzig Jahre lang Widerstand leistete, sondern das Volk eines Widerstands von zweitausend Jahren, und welches andere Volk hat derart lange widerstanden? Ja, zweitausend Jahre Widerstand, und die anderen Völker mögen sich daran ein Beispiel nehmen.

O alle meine Väter durch die Jahrhunderte hindurch, die die Massaker dem Verrat und die Scheiterhaufen dem Verleugnen vorzogen, meine Väter in den Flammen, die bis zum letzten Atemzug den einen Gott und die Größe ihres Glaubens verkündeten. O all die Meinen, die im Mittelalter eher den Tod wählten als abzuschwören, den Tod in Verdun-sur-Garonne, Carentan, Bray, Burgos, Barcelona, Toledo, Trient, Nürnberg, Worms, Frankfurt, Speier, Oppenheim, Mainz, in ganz Deutschland von den Alpen bis zur Nordsee, alle meine Tapferen, die ihren Frauen und Kindern die Kehle durchschnitten und sich dann selbst töteten oder die den Würdigsten unter ihnen damit betrauten, sie nacheinander zu töten, oder die ihre Häuser in Brand setzten und sich in die Flammen stürzten, ihre Kinder im

Arm, Psalmen zum Lob des Ewigen singend, unserem Gott.

O meine hartnäckigen Väter, die jahrhundertelang ein Leben hinnahmen, das schlimmer war als der Tod, ein Leben voller Erniedrigung, ein Leben voller Schmach, heiliger Erniedrigung und heiliger Schmach, die ihnen ihr Hochmut einbrachte, ihren Glauben an den einen heiligen Gott zu bewahren, und für diesen Hochmut bestrafte sie Papst Innozenz III., indem er sie zwang, die *rotella* zu tragen, und ihnen bei Todesstrafe verbot, sich ohne dieses auf die Kleidung genähte Kennzeichen auf der Straße zu zeigen, ein entehrendes Kennzeichen, das die Juden in Europa sechs Jahrhunderte lang dem Spott und der Beleidigung aussetzte, ein sichtbares Zeichen der Schande und der Erniedrigung, ein immer gegenwärtiges Zeichen, mit dem die Menge aufgefordert wird, die Juden mit ihren Schmähungen und ihren Gewalttaten zu überziehen. O Nächstenliebe.

O meine leidenden, meine gequälten Väter. Doch das war nicht genug der Nächstenliebe, und fünfzig Jahre später befand das Konzil zu Wien, dass die *rotella* nicht entwürdigend genug sei, und beschloss, uns noch mehr zu verhöhnen, indem es uns zum Tragen eines lächerlichen Hutes zwang, der spitz oder gehörnt sein musste. So ausstaffiert, so dafür bestraft, an dem alleinigen Gott festzuhalten, zogen wir durch die Lande, bizarr und entstellt in unserer glorreichen Priesterwürde, wir zogen weiter, ängstlich, erschrocken, beharrlich, verspottet, beleidigt, zäh, wir zogen weiter, geduldig, grotesk, erhaben, erhaben mit spitzen oder gehörnten Hüten, und die Menge lachte, wir zogen weiter, gebrandmarkt, gekennzeichnet, zurückgewiesen, von allen stigmatisiert, verprügelt, burleske Zielscheiben für Schmähungen, mir tut die Leber weh, meine Augen brennen und ich habe Stiche im Herzen, wir zogen weiter, mit Schmutz bedeckt, wir zogen weiter, mit hängenden Schultern, gekrümmtem Rücken, misstrauischen Augen, wir zogen in Lumpen weiter, demütig in der Haltung, stolz in unserer Seele, ausgehungerte versklavte Prinzen, wir zogen durch die Jahrhunderte weiter, zerlumpte Herolde des wahren Gottes, Träger unseres heiligen Gesetzes, klingende Harfe im schwarzen Sturm der Zeitalter, und die spitzen oder gehörnten Hüte des christliches Konzils waren die Kronen unserer Auserwähltheit. Hosianna.

XLVI

Ich ließ mich durch die Straßen treiben, die nährenden Flüsse der Einsamen, manchmal machte ich irgendein kabbalistisches Zeichen, manchmal flüsterte ich ihr Tod den Juden und fragte sie, warum und welches Leid ich ihnen angetan hatte, manchmal flüsterte ich eine Zärtlichkeit, eine idiotische Zärtlichkeit, eine Zärtlichkeit für niemanden, manchmal lächelte ich einem erfundenen Freund zu, einem christlichen Jungen, der donnerstags zu mir nach Hause kommen würde, um mit mir zu spielen, manchmal sang ich Dreckiger Jude nach der Melodie Laterne, Laterne vor mich hin und schlug den Takt dazu, manchmal erbat ich eine Auskunft, angeblich um zu wissen, wie ich nach Hause käme, in Wirklichkeit um wie ein Geschöpf behandelt zu werden.

Entschlusslos und meschugge sann ich über totgeborene Pläne nach, wobei ich meine Schultasche hin- und herschwenkte. Sollte ich diesen Mann, der freundlich aussah, anhalten und ihm mein Unglück gestehen? Vielleicht eher diesen Priester, wer weiß, vielleicht würde er mich segnen und dann würde er mich umarmen. Sollte ich meinen Willen auf diesen Passanten vor mir konzentrieren? Wenn es mir gelänge, mich ganz genau zu konzentrieren, würde er sich umdrehen, und ich könnte ihm alles sagen, und er würde verstehen. Oder besser auf eine Bank steigen und das Gedicht von Victor Hugo auf das ewige Frankreich aufsagen, das Gedicht, das mit denen beginnt, die frommerweise für das Vaterland gestorben sind, das schöne Gedicht, das die herbeilaufenden Leute begeistern würde, und sie würden mir applaudieren, mich lieben. Ich stieg auf eine Bank, dann stieg ich wieder herunter. Nein, besser an den Papst schreiben. Ja, dem Papst alles berichten, er war sehr weise und gut, er würde seinen Gläubigen befehlen, uns nichts Böses mehr zu tun. In Gedanken zeichnete ich die Worte in die Luft, eine Manie von mir in der Einsamkeit, ich schrieb den Entwurf eines Briefes an den Papst. Dann stellte ich mir vor, dass ich mein Unglück einem Oberst erzählen würde, der in Tränen ausbrechen und mir zu Ehren seinem Regiment befehlen würde, das Gewehr zu präsentieren. Oder nein, der Oberst würde seinem Regiment befehlen, über mein Unglück zu weinen, und während ich die Parade der Soldaten abnehmen würde, würde er mit starker Stimme rufen: Präsentiert die Tränen! So amüsierte ich mich einige Zeit, so kläglich und in tödlicher Traurigkeit.

XLVII

Den Kopf gesenkt, lief ich mit schleppenden Schritten und wälzte von neuem Pläne, wobei ich vage gestikulierte. Sollte ich zum Straßenhändler zurückgehen und ihm von Mama erzählen? So überzeugend mit ihm sprechen, dass er mich mit Tränen in den Augen um Verzeihung bitten würde, und wir würden uns die Hand schütteln und uns vielleicht sogar umarmen. Oder besser den Namen ändern? Ja, den Namen ändern. Die Christen hatten ein gutes Herz, es kam nur darauf an, ihnen nicht zu sagen, was man war. Ja, das war's, den Namen ändern. Nein, unmöglich, ich hatte mein Aussehen. Und auf einmal verstand ich, warum die Frau auf La Plaine mich kürzlich nicht mit ihrem kleinen Jungen spielen lassen wollte. Sie hatte mein Aussehen bemerkt. Mein Aussehen verriet mich, war mein Feind. Vielleicht würde ich eines Tages einen Unfall haben, der mich ein wenig hässlich aussehen lassen würde, und man würde mich nicht mehr erkennen, und ich wäre glücklich. Oder sollte ich zu ihrer Religion übertreten, um akzeptiert und vielleicht geliebt zu werden? Wenn ich Christ würde, würde man mein Aussehen nicht mehr beachten, oder vielleicht würde ich mich etwas verändern, weil ich betete. Ich stieß die Tür eines prächtigen Hauses heftig auf, und nachdem ich mich vergewissert hatte, dass ich allein im Eingang und geschützt vor allen Blicken war, machte ich ängstlich das Zeichen des Kreuzes, machte mit dem Gefühl einer furchtbaren Sünde dreimal das unheimliche Zeichen, das Zeichen der anderen, aber es geschah nichts, und ich ging hinaus, ungläubig wie zuvor. Oder vielleicht Geige lernen und ein berühmter Geiger werden? Ich würde so gut spielen, dass die Leute mir verzeihen würden, dass ich Jude war, sie würden mir applaudieren, sie würden mich lieben. Sei's drum, er spielt so schön, würden die Leute sagen. Nein, ich würde nicht gut Geige spielen können, das war zu schwierig, und wie sollte ich genau wissen, auf welche Stelle der Saiten ich die Finger meiner linken Hand setzen sollte, die Finger, die sich immer so schnell bewegten? Nein, besser war es, so zu tun, als sei ich verrückt. Auf diese Weise würden sie mich in meinem Asyl für Geisteskranke in Ruhe lassen, sie würden mich weniger verachten, weil ich eingesperrt wäre, vielleicht würden sie mich sogar ein wenig lieben.

XLVIII

Weiter umherirrend, fand ich mich erneut in den Allées de Meilhan wieder. Ich war von Müdigkeit überwältigt, setzte mich auf eine Bank, und mein Blick folgte einem jungen Hund, der sich nach Kräften bemühte, glücklich zu sein, er rannte hierhin und dorthin, schlug jäh Haken, wusste nicht, wohin er sich wenden sollte, so viel Glück und Gerüche erwarteten ihn am Fuße so vieler hübscher Bäume, und wie sollte er da wählen? Um so glücklich zu sein wie er und um mich zu unterhalten, begann ich, leise zu bellen, und ich erinnerte mich plötzlich an die Geschichte, die meine Mutter erzählt hatte, die Geschichte des Konditorburschen, der ein Hündchen erwürgt und gesagt hatte, er habe Lust gehabt, ihm weh zu tun, weil es ein kleines schwaches Tier war. Tja, das ist's, dachte ich, auch ich bin ein schutzloses Hündchen und daher haben sie Lust, mir weh zu tun. Dreckshündchen, flüsterte ich, Tod den Hündchen, Tod den Hündchen, flüsterte ich, mit gesenktem Kopf skandierte ich meine Litanei.

Plötzlich, wie im letzten Jahr an der Haltestelle La Plage, stellte ich mir vor, ich würde die Gabe erhalten, zehn Meter weit zu springen, Sprünge, die mir das Interesse und vor allem die Zuneigung der Passanten einbringen würden, die alle kämen, um mir zu gratulieren. Ich stand also auf und nahm eine Haltung magischer Empfangsbereitschaft an, indem ich mich bemühte, der Gnade kein Hindernis in den Weg zu legen und mich leicht zu machen. Da nichts geschah, stellte ich mich auf die Zehenspitzen, um das Wunder der riesigen Sprünge herbeizuholen. Irgendwer stieß mich an, und ich verlor das Gleichgewicht und den Glauben.

Allons enfants de la patrie, flüsterte ich mechanisch, und ich entschied, nicht mehr zu atmen, um zu sterben und sie zu bestrafen. Dazu hielt ich mir mit Daumen und Zeigefinger die Nase zu, presste meine Lippen fest zusammen und begann, stumm zu zählen, um mir zum Sterben Mut zu machen. Bei dreißig, dem Ersticken nahe, öffnete ich den Mund, befreite meine Nasenflügel und kehrte beschämt ins Leben zurück. Ja, Hoch lebe Frankreich, genau, und das ist meine Sache, sagte ich mit provozierender Miene, und ich machte mich davon, einen imaginären Ball dribbelnd, um männlich zu wirken und der Zukunft die Stirn zu bieten.

XLIX

Wer weiß, vielleicht, sagte ich mir beim Verlassen der katholischen Kirche, wo ich, kniend in der wohlriechenden Stille, Gott noch einmal gebeten hatte, sie zu zwingen, nicht mehr an die Mauern zu schreiben. Nun, man würde sehen, und wenn es kein Resultat gäbe, nun, dann Schande über Gott! Schande über Dich, würde ich sagen und den Himmel anschauen. Schande über Dich, wiederholte ich mechanisch, und in der Hoffnung, irgendeinen vergessenen Bonbon zu finden, durchsuchte ich meine Taschen. Sieh an, ich hatte noch einige Sous übrig. Wenn ich das gewusst hätte, hätte ich sie in den Opferstock der Kirche getan, das hätte vielleicht geholfen. Sei's drum, zu spät. Im Grunde hätte ich in der Kirche singen sollen, ganz leise den Gesang vom Zicklein singen sollen, den schönen Gesang unseres Pessachfests, ihn für Jesus singen, das hätte ihm gefallen, das hätte ihn an seine Kindheit erinnert, als er am ersten Abend unseres Pessachfests mit der Familie sang. Ja, ich hätte den Gesang vom Zicklein singen sollen, das hätte vielleicht geholfen. Nein, nichts konnte helfen, ich wusste es, und die Mauern forderten immer noch meinen Tod.

Tod den Juden, Tod den Juden, wiederholte ich und lief weiter, von den Schaufensterscheiben erfasst, ich schleppte mein Herz durch die Straßen des Exils, manchmal summte ich das Lied vom Zicklein, manchmal schrieb ich mit dem Zeigefinger in die Luft, schrieb die schrecklichen Worte und grüßte sie mit einem bekümmerten Lächeln, manchmal tröstete ich mich mit dem venezianischen Dialekt, der Sprache der Juden von

Korfu, manchmal streichelte ich mir die Stirn, um ein Gefühl von Freundschaft zu haben, manchmal flüsterte ich: Mein Freund, mein Lieber, manchmal sang ich den Refrain der Romanze, die ich Tage zuvor gehört hatte, die Romanze des verlorenen Freundes, manchmal summte ich leise die Marseillaise, manchmal blieb ich vor dem Spiegel eines Geschäfts stehen, um dort einen Mitleidenden zu sehen, manchmal schüttelte ich die Sous in meiner Hosentasche und ließ sie klingen, um mir Mut zu machen, aber ich erstickte vor Einsamkeit.

L

Geröstete Erdnüsse. Ich kaufte welche, um Gesellschaft zu haben. Wir werden euch aufessen, meine kleinen Freunde, sagte ich zu den Erdnüssen, die mir der Algerier direkt in meine Hosentasche geschüttet hatte und die ich in ihrem Gefängnis gebieterisch mit meiner Hand bewegte, glücklich darüber, dass ich sie unter meinem Befehl wusste und ich ihr Herr war. Der Herrscher der Erdnüsse, verkündete ich. Ihr Herrscher, aber auch ihr Bruder, verbesserte ich mit erhobenem Zeigefinger. Ja, die Erdnüsse waren meine kleinen Schwestern, meine jüdischen Schwestern, und es war gut, mit ihnen zu leben, nicht allein zu sein und sie zu lieben.

Ich tröstete mich damit, Erdnüsse zu essen und mich in einer Schaufensterscheibe zu betrachten, matt und traurig die Erdnüsse kauend, mein breiiger Trost, meine einzigen Freunde auf dieser Welt. Ich betrachtete mich, erniedrigt durch das kleine traurige Glück des einsamen Essens, den Brei der zerkauten Erdnüsse und ihren billigen Geschmack im Mund. Die Juden lieben Erdnüsse, weil die Erdnüsse Juden lieben, verkündete ich wie ein Idiot. Wenn man leidet, ist man nicht geistreich.

Ich griff langsam in meine Hosentasche, um lange von den Erdnüssen zu essen, sie lange zu lieben und von ihnen geliebt zu werden. Die Einsamen essen gerne, weil Essen Liebe ist, eine ärmliche Art von Liebe, und weil es das Unglück überdeckt. Während ich weiter kaute, betrachtete ich dümmlich die Auslagen und beneidete die Wachspuppen der Nouvelles Galeries, die mit ihrem Leben so zufrieden waren, alle bei guter Gesundheit, alle wie aus dem Ei gepellt, alle freundlich lächelnd, alle mit elegant abgespreiztem kleinen Finger, alle hocherfreut, jemanden kennenzulernen, alle so wohlerzogen, vertraut mit den Regeln und Gebräuchen, alle unaufhörlich entzückt, alle vor Nächstenliebe lächelnd, und plötzlich hatte ich Angst vor ihnen, Angst vor ihren zur Schau gestellten Eckzähnen und ihren kalten Augen. Nein, das war nicht wahr, sagte ich zu ihnen, Mama ist nicht durch und durch bösartig, Mama ist besser als ihr.

LI

Es schauderte mich vor diesen lächelnden Wachspuppen mit unerbittlichen Augen, ich erriet ihre geheimen Gedanken. Ewiger, rette mich vor meinen Feinden, flüsterte ich und floh schweißgebadet. Würde ich ein Schurke werden, weil ich als Schurke behandelt wurde? Um nicht weiter nachzudenken, zog ich ein Nick-Carter-Magazin aus meiner Schultasche, nahm meinen Weg wieder auf und begann, die Heldentaten von Nick,

Chick, Patsy, Ten Itchi und Ida zu lesen. Ausgezeichnet, keine Feinde darin, diese tapferen Detektive würden mich in ihre Gesellschaft aufnehmen, sie würden mir nicht sagen, ich solle verschwinden.

Ich las, während ich lief, kaute und griff nach den Erdnüssen, meiner kleinen Gesellschaft. Die Schultasche hatte ich inzwischen unter meinen Arm geklemmt, ich las, um die Flaschen zu vergessen, die ich in einem Schaufenster in der Rue Longue des Capucins gesehen hatte, Flaschen mit einem Aperitif namens Judenfeind, ein ausgezeichneter Aperitif aus altem Banyuls-Wein, wie das Etikett besagte, das ich beim Lesen wieder vor Augen hatte, allen Menschen mit Herz empfohlen, die nicht nur auf ihre Gesundheit, sondern auch auf die Ehre Frankreichs achten, wie das Etikett besagte, das ich wieder vor Augen hatte, während ich las und dabei die Lippen bewegte und die Worte meiner Lektüre flüsterte, um zu verhindern, dass sie mir entglitten, denn ich dachte unaufhörlich an mein Unglück, das Übel meiner Geburt. Ich las, las ohne Unterbrechung: Jude, immer: Jude, und die Leue stießen mich an, und ich fühlte mich absurd, so absurd, allein zu sein, so allein, ein absurder, wandernder Leser und einsamer Esser gerösteter Erdnüsse. Ja, das alles mit zehn Jahren, ich war frühreif, wenn Sie so wollen.

Als ich den Nick Carter beendet hatte, kaufte ich Le Radical und las etwas über die Bildung der neuen französischen Regierung. Plötzlich warf ich die Zeitung weg. Wozu soll das gut sein, ich gehörte nicht mehr dazu, ihre Regierung interessierte mich nicht. Der Präsident der Republik ist ein Hure, erklärte ich, ohne das Geschlecht und den Sinn dieses letzten Wortes zu kennen. Sieh an, ich werde ein Schurke, dachte ich und schlug mir ins Gesicht, um mich zu bestrafen, und bat den Präsidenten der Republik um Entschuldigung.

LII

In der Rue Paradis kaufte ich eine andere Zeitung und fing wieder an zu lesen, Jude, immer: Jude. Mein Gott, warum war dieser Prinz von Wales so populär, warum so beliebt, warum diese vielen Fotos von Leuten, die ihm zujubelten, nachdem sie die ganze Nacht auf der Straße verbracht hatten, um ihn am folgenden Morgen zu sehen, warum diese wahnwitzige Liebe, warum alle diese Soldaten, die vor ihm das Gewehr präsentierten, und warum grüßte er sie mit so viel Autorität? Was hatte er getan, um derart respektiert und vor allem geliebt zu werden, was hatte er Schönes und Großes geleistet? Nichts, er wurde geboren. Auch ich wurde geboren, und mich bestrafte man. Er sei sehr gütig, sagte die Zeitung. Es ist nicht schwer, gütig zu sein, wenn alle Leute dich lieben. Ich zerriss die dumme Zeitung und nahm meine Wanderung in der feindlichen Welt wieder auf, manchmal schrieb ich mit dem rechten Zeigefinger Dreckiger Jude ins Leere, in die Luft, manchmal grüßte ich militärisch mit der Hand, um ein wenig von dem Glück des Prinzen von Wales abzubekommen. Aber es gab weder stramm stehende Soldaten noch eine begeisterte Menschenmenge.

Ich erblickte eine streunende Katze und folgte ihr, um nicht allein zu sein. Meine Liebe, meine Liebe, flüsterte ich. Aber selbst die Katze verachtete mich, als ich mich herabbeugte, um sie zu streicheln, sie machte sich davon und ließ mich allein. Ich lachte höhnisch. Natürlich! Und wenn ich hinausschreien würde, dass ich vor Verachtung stürbe? Das wäre ihnen ganz egal. Also wünschte ich allen bösen Menschen, Juden zu werden. Damit sie ein wenig sehen, wie das ist, flüsterte ich. Dann verdrehte ich mir absichtlich das Handgelenk, um die Summe der Ungerechtigkeiten auf dieser Welt zu vergrößern.

LIII

Plötzlich war ich beruhigt. Es gab nur einige Christen, die mich nicht liebten, das waren nur die, die beim Straßenhändler standen und die an die Mauern schrieben, vielleicht nur dreißig insgesamt. Und selbst die beim Straßenhändler hatten nicht alle gelacht, es gab welche, die nichts gesagt hatten, vielleicht waren sie nicht mit dem Straßenhändler einverstanden, aber sie hatten sich nicht getraut, es zu sagen, vielleicht weil sie Angst vor dem Straßenhändler gehabt hatten. Und nachher in den Straßen hatte es sehr nette christliche Leute gegeben. Zum einen die Frau, die mir den Weg zum Bahnhof erklärt hatte, aber ich war schnell davongegangen, weil ich Angst gehabt hatte. Und dann der gute Pfarrer, der mich gefragt hatte, warum ich Selbstgespräche führte, und der mir angeboten hatte, mich nach Hause zu bringen. Und schließlich die Alte, die mich gefragt hatte, ob ich krank sei, und die mich ebenfalls zurückbegleiten wollte, sie hatte mir sogar über die Haare gestrichen, ich hätte nicht weglaufen sollen, ich hätte es ihr gestehen sollen, vielleicht wäre sie weiterhin freundlich geblieben. Ja, sollte mich ein anderer guter Mensch ansprechen, ja, ich würde den Mut haben, die Wahrheit zu sagen. Aber nicht Jude sagen, sondern Israelit sagen, das würde einen besseren Eindruck machen. Und die Person würde mir vielleicht sagen: Das macht nichts, mein Kind, ich mag die Israeliten gerne. Ja, Israelit sagen, das war weniger gefährlich. Außerdem sagten die Schwestern in der katholischen Schule mir immer, schon als ich sechs Jahre alt war, dass ich Israelit sei, und sie waren alle nett, sie hatten mir gute Manieren beigebracht, eine bescheidene Haltung, wie sie sagten, und nicht beim Laufen auf der Straße mit den Armen schlenkern, ja, alle waren sehr nett zu mir gewesen, und sogar die Mutter Oberin hatte mich einmal umarmt. Also siehst du, sagte ich mir. Einverstanden, nie mehr Jude sagen, sondern Israelit sagen. Aber ich wusste sofort, dass das nichts nützen würde. Ja, Millionen Franzosen waren gut und freundlich, aber sie würden mich nicht lieben, mich niemals lieben, und das war nicht ihr Fehler. Das war so, das war die Regel, und der Beweis dafür waren die Mauern. Aber worin bestand das Geheimnis, uns zu hassen, wo Mama doch so gut war?

LIV

Mit einem Schlag beschloss ich, glücklich zu sein und jeden Sonntag zu den Matineevorstellungen mit Mama ins Theater zu gehen, wir würden uns gut amüsieren, und obgleich wir Juden waren, wir wären glücklich, Mama und ich. Ich lächelte, um jetzt schon glücklich zu sein, und ich wusste, dass es nicht wahr war, ich wusste, dass wir im Theater nicht glücklich sein würden, ich wusste, dass wir während der Pause allein bleiben würden, allein in den Pausengängen, allein, während die christlichen Zuschauer alle zusammenstehen würden, um fröhlich zu plaudern, weil sie sich kennen und sich lieben würden, und sie würden diskutieren und sich freundlich ansehen, glücklich beim Zusammensein, und Mama und ich, wir würden allein und verlassen sein, eine Drecksrasse, wir wollen hier keine Juden, allein und dazu verurteilt, die Glücklichen von weitem zu betrachten, die in den Pausengängen versammelten Christen, und wir würden versuchen, ein wenig zu hören, was sie sagen, wir würden versuchen, ein wenig bei ihnen zu sein, aber wir würden uns gegenseitig verheimlichen, dass wir ihnen zuhörten und dass wir ihre Gesellschaft nötig hatten, und wir würden so tun, als wüssten wir nicht, dass wir Ausgestoßene waren, und wir würden über den Charakter von dem und dem und über das Abendkleid von der und der diskutieren, um normal zu sein, um aus der Ferne ein wenig bei ihnen zu sein, um sie von ferne ein wenig zu besuchen, und vielleicht würden wir sie manchmal mit leiser Stimme kritisieren oder uns über sie ein wenig lustig machen aus Trauer darüber, dass wir nicht bei ihnen waren, um mit ihnen zu diskutieren und von ihnen geliebt zu werden, und wir würden auch etwas verzehren wie sie, etwas verzehren, um uns zu trösten, ein Trostverzehr, Verzehr auch für uns, wie für die Glücklichen, etwas verzehren, um unseren Anteil am Glück zu erhalten, und wir würden die ganze Zeit reden, vereinzelte und verlassene Spaziergänger in den Pausengängen, wir würden viel reden, um den Eindruck zu erwecken, nicht schweigsame Geächtete zu sein, um voreinander unsere Demütigung zu verbergen, und wir würden auch viel reden, um eng zusammen und enge Freunde zu sein, Mama und ich, um zu glauben, wir seien glücklich, um zu glauben, wir hätten die anderen nicht nötig, aber wir würden wissen, dass sie uns nicht wollten, und in den Pausengängen würden wir über den Charakter der Gestalten und das Spiel der Darsteller sprechen, wir würden intelligent und angeregt darüber sprechen, um zu zeigen, dass wir nur uns allein benötigten, um zu zeigen, dass wir großen Wert auf unsere Unterhaltung legen würden, was nicht wahr wäre, und ich hätte Mitleid mit uns beiden, und wir würden uns in den Pausengängen anlächeln und so tun, als seien wir glücklich, und wir würden uns sehr lieben, Mama und ich, zwei unglückliche Spaziergänger in den Gängen, wir würden uns mit der Schmach unseres einsamen Unglücks lieben, aber wir würden über unsere Schmach nicht sprechen, wir würden darüber nicht sprechen, um dem anderen keinen Schmerz zuzufügen, und wir würden in Würde durch die Gänge der Verbannung irren, wider Willen abseits gehalten, arme lächelnde Ausgestoßene, stolze einsame Spaziergänger, die für die Sünde der Geburt und der Fremdheit büßten. O böser Gott, flüsterte ich. Sollte ich diese Kuchenbäckerei betreten, die noch offen hatte? Wozu denn? Die Kuchen würden nichts nützen, selbst die Schokoladenkuchen würden mein Unglück nicht beseitigen.

LV

Ja, mein Schatz, sagte ich zu einer Ratte, die mit Einbruch der Nacht ängstlich durch den Rinnstein davonhuschte, eine arme Einzelgängerin, sie huschte davon, um ihr Leben zu verteidigen, die arme Verachtete. Ja, mein Engel, sagte ich zu ihr, ja, mein Albert, wir werden glücklich sein, du wirst sehen, noch ist nicht alles verloren, das versichere ich dir. So, mit einem krankhaften Lächeln, so reden und unterhalten sich die Unglücklichen, die vor Unglück Verrückten. Ich blieb stehen. An der Mauer eine lange Inschrift mit Kreide, und wiederum schoss mir das Blut in die Brust und schnürte mir schlagartig, mit einem gewaltigen Stoß, die Kehle zu, und ich wusste, dass mein Leben verloren war.

LVI

Tod den Juden Tod den Juden Dreckige Juden Dreckige Juden. So lautete die schöne Inschrift, vor der mir bewusst wurde, dass mein Leben verloren war. Ein Wissen mit zehn Jahren, das ist zu früh. Wie betäubt und gebannt betrachtete ich die Inschrift. Tod den Juden Tod den Juden Dreckige Juden Dreckige Juden. Zwei Bilder sprangen mir in die Augen und brachten mich zum Schwitzen. Das erste Bild besagte, dass – wenn ich groß wäre – am Abend der Abreise alle Passagiere auf dem Schiff nett zu mir wären, mit mir sprechen und mich anlächeln würden. Das zweite Bild war, dass alle Passagiere mir am folgenden Morgen mit düsterem Schweigen aus dem Weg gehen würden, weil sie erfahren hatten, dass ich einer von denen war. In meinem ganzen

Leben, meinem zukünftigen Leben, das wusste ich jetzt, würde mich niemand lieben und ich könnte niemals jemanden lieben, ich, der ich es so liebte, zu lieben und geliebt zu werden. Schwindlig, von allen geächtet, mit pochender Halsader, ein Kloß im Hals, der die Tränen unterdrückte, stand ich da und starrte auf das Urteil, und vor Angst befeuchtete ich meine Lippen. Immer Jude, niemals geliebt, immer Jude, niemals geliebt.

LVII

Tod den Juden Tod den Juden Dreckige Juden Dreckige Juden. Der dreckige Jude starrte auf das Urteil, der zehnjährige dreckige Jude wusste, dass er lebenslänglich ein Unreiner sein würde. Tod den Juden Tod den Juden Dreckige Juden Dreckige Juden. Dem dreckigen Juden ging es schlecht, dem dreckigen Juden stand vor Unglück der Mund halb offen, der dreckige Jude hatte vor Unglück weiche Knie, der Körper des dreckigen Juden war vor Unglück verschwitzt, der dreckige Jude konnte vor Unglück kaum atmen, der dreckige Jude konnte nicht weinen, der dreckige Jude schluchzte seltsam krampfartig, der dreckige Jude hatte unterdrückte Krämpfe, der dreckige Jude hatte ein versteinertes Schluchzen, der dreckige Jude hatte ein angehaltenes Schluchzen in der Brust, der dreckige Jude hatte ein Schluchzen, das ihm im Hals stecken blieb, den Anfang eines Schluchzens, das sich nicht fortsetzen und hervorkommen konnte. Das war ein Schmerz des dreckigen Juden, des Jud', des Judenbengels, ein Schmerz, der keine Tränen mehr kannte, ein Schmerz des dreckigen Juden, ein Schmerz, dem der Trost der

Tränen fehlte, ein Schmerz des dreckigen Juden, ein Schmerz, der nicht die ärmliche Freude der Tränen kannte, ein Schmerz des dreckigen Juden, dessen Tod man wünschte, ein Schmerz der Schande, ein Schmerz des Buckels auf dem Rücken, ein Schmerz des dreckigen Juden, ein Schmerz, der erstickte, trocken und einsam, totenblass und ohne Hoffnung. Ja, sie leiden, die dreckigen Juden, wie alle menschlichen Kreaturen. Antisemiten, zärtliche Seelen, ich suche die Nächstenliebe, sagt, wisst ihr, wo die Nächstenliebe ist?

LVIII

Ich sehe die erbärmliche Geste des Kindes vor der Mauer, die seinen Tod forderte. Es hob die Arme und richtete den Zeigefinger anklagend gegen den bösen Wunsch. Es war die Geste eines Schwachen, die Geste eines Hanswursts, die Geste eines Propheten. Das Kind verharrte lange so, den Zeigefinger lächerlich ausgestreckt, um die mörderische Inschrift anzuprangern. Ein komisches Schauspiel, Zeichen eines schlechten Geschmacks. So ist das Unglück eben.

Diese arme, ohnmächtige Geste eines Kindes, das den Hass verurteilt, vermache ich euch, ihr christlichen Generationen, ich vermache sie euch durch dieses Testament. Sie ist mein Geschenk. Macht damit, was ihr wollt. Das geht mich nichts mehr an, sie gehört euch. Werft sie auf den Müll, diese Geste eines reinen und guten Kindes, wenn ihr wollt.

LIX

Das Kind nahm seine ewige Wanderung wieder auf. Der Ernst und die schmerzliche Schwäche in seinem schönen Gesicht, dem Gesicht des dreckigen Juden, drückten nur noch Unglück aus, das ein Ende finden wollte, das Unglück des dreckigen Juden, und das zehnjährige Kind konnte kaum mehr seine Füße voreinander setzen, es setzte sie ohne Vertrauen und ohne das Gefühl der Nützlichkeit, das alle unsere Handlungen begleitet, solange wir glücklich sind. Tod den Juden, wiederholte das zehnjährige Kind mechanisch, von Schüttelfrost gepackt. Ja, nach Hause gehen und sterben, weil ihnen so viel daran lag. Der dreckige Jude wusste, dass er sich nicht töten konnte, dass er es nicht wagen würde, dass er zu klein war, der dreckige Jude würde seinen Vater anflehen, ihn zu töten. Und dann Schluss mit dem dreckigen Juden.

Ja, nach Hause gehen und sterben. Papa war erwachsen, er würde es können. Papa hatte ein Rasiermesser, das Mama immer wegschloss. Papa würde es an meine Kehle drücken, ich würde mich etwas bewegen, und dann war Schluss, Schluss mit dem dreckigen Juden. Mein Gott, warum lief ich noch, wo ich doch sterben würde? Selbst zum Sterben musste man laufen und Lebenszeichen von sich geben! Warum konnte man nicht sterben, indem man irgendein besonderes, machtvolles Wort aussprach? Man schloss einfach die Augen, sprach schnell das Wort aus, das tat an der Kehle nicht weh, und es war Schluss, man sah keine Mauern mehr. Und kurz bevor man das Wort aussprach, wusste man noch nicht, ob man sich wirklich entscheiden würde, und so hätte man bis zum letzten Augenblick keine Angst. Tod den Juden. Ja, Papa war gut, er würde mich töten.

Ich lief weiter durch die nächtliche Straße. Am Eingang eines Kaufhauses forderte man in dicken weißen Buchstaben meinen Tod. Ja, bald ist es so weit, versprach ich den drei Worten der Liebe, ihrer Liebe. Hinter den geschlossenen Fensterläden der Häuser, an denen ich vorbeikam, lebten die Glücklichen und schliefen, sie schliefen friedlich, christliche Kinder, die schliefen und nicht daran dachten, ihren Vater zu fragen, sie würden ihren Vater nicht bitten, sie zu töten. Papa würde mich verstehen, er würde Mitleid haben. Ich würde ihn anflehen, ich würde ihm erklären, dass ich immer gehorsam gewesen war, ich würde ihn an den Tag erinnern, an dem wir zusammen Friseur gespielt hatten, und dass auch der Erzvater Abraham eingewilligt hatte, seinen Sohn Isaak zu töten. Nein, besser das Kohlebecken, das aus Korfu. Ja, das Kohlebecken mitten im Zimmer anzünden, und wir nehmen uns alle drei bei den Händen, und wir treten zusammen in das Land ohne böse Menschen ein.

LX

Plötzlich erkannte ich mich im beleuchteten Spiegel eines Juweliergeschäfts, und ich blieb stehen und sah mich erneut an, und ich zuckte zusammen, und um mir selbst die Ehre zu erweisen, setzte ich meine Hand an die Lippen, die flüchtig und sonderbar lächelten, furchtsam und listig, leicht, zitternd, ruhmreich. In der einsamen Straße salbte ich mir die Stirn mit den Tränen meiner Augen und lief weiter, änderte den Gang und lief wie ein König, auf ewig stolz auf mein Volk, mein schönes Unglück, ich lief durch den Wind der Wüste, die Hand des Ewigen im Rücken, ich lief mit der Krone ihres Hasses, von nun an Jude auf immer, Jude wie die Patriarchen, Jude wie die Propheten und Jude wie Gott. Halleluja.

LXI

Als ich eine Droschke erblickte, die in der Nähe einer Straßenlaterne parkte und einen langen Schatten warf, eine seltsam eckige, glänzende Droschke, eine zerrissene Droschke ohne Kutscher, blieb ich vor dem alten, kläglichen Pferd stehen, einem untertänigen Sklaven bei Tag und Nacht, den langen, asketischen, pedantischen Kopf zwischen den krummen Beinen gesenkt, ich blieb stehen, damit es mich hören konnte, wie ich mit lauter, sanfter und trunkener Stimme sprach, damit es mich sagen hörte, dass ich der König sei, der König der Juden, der Fürst des Exils, der gedemütigte Herr, der später, eines Tages, die Menschen von ihrer Bosheit erlösen würde. Plötzlich war ich ausgelassen, ich klatschte in die Hände und schlug die Hacken zusammen, ich tanzte in der Nacht, tanzte sinnlos auf der Stelle, tanzte im übergroßen Schatten des gefangenen Kleppers, tanzte wie verrückt vor erlauchtem, königlichem Glück. Hier, delirierte ich, hier ist das vor Unglück wahnsinnige Kind.

Und siehe da, das brave Pferd schlug mit seinen Vorderhufen auf, plötzlich vor Kälte zitternd oder aus Respekt, schlug noch einmal auf, schlug auf die gelben, nassen Lichtreflexe, es gab Funken, dann hustete es heiser ein menschliches Husten, dann hob es schulmeisterlich sein bärtiges Haupt, ein uraltes Haupt, und stimmte mir zu, dann betrachtete es mich melancholisch wie ein Mensch, ein vergebliches Bemühen zum Menschlichen, betrachtete mich mit seinen großen seidigen Augen, seinen sanften, nachdenklichen Augen, dann stimmte es mir nochmals zu und mit einem tiefen Kopfnicken, das bis zu den krummen Beinen reichte, grüßte es mich ehrerbietig.

Und ich entfloh, die Stirn zum Nachthimmel gerichtet, einem Himmel mit unzähligen glänzenden Blicken, dem unsterblichen Himmel, dem eine Größe innewohnte, der Gott Abrahams, Isaaks und Jakobs, der Ewige, unser Gott. Ich hörte das Pferd abermals husten, ich drehte mich um und sah, dass es sich ebenfalls umgedreht hatte, mein einziger überzeugter Zuschauer, um mich traurig zu betrachten und mit einem untertänigen Kopfnicken seinen König zu grüßen, der sich entfernte, ein leichtes, etwas verstörtes und ruhmreiches Lächeln auf den zitternden Lippen, der sich entfernte, während eine letzte Segnung heiser nachklang.

LXII

Als ich auf einen Passanten mit gutmütigem Aussehen, Spitzbart, Kneifer und dickem Bauch traf, passte ich meine Schritte an seine an und flüsterte, als würde ich ein Gedicht aufsagen, ich flüsterte, ich sei der Auserwählte und ich würde ihn retten. Ich errette dich von dem Übel, flüsterte ich deutlich und mehrfach. Listig und vorsichtig wie ein Verrückter, ließ ich den Passanten diskret von meiner Gnade als Erlöser wissen, aber ich tat so, als würde ich mit scheinbar leiser Stimme eine Lektion aufsagen, doch laut genug, um gehört zu werden. Ich gab vor, etwas aufzusagen, und so würde mich der Passant nicht anhalten, er würde glauben, ich sei ein normales Kind, das seine Lektion wiederholt, und trotzdem würde er die Wahrheit hören, die schreckliche, offenbarte Wahrheit. Plötzlich erschrak ich vor dem Mann, der mich beobachtete, ich fühlte, dass er mich ansprechen und mir zweifellos Vorwürfe machen würde, weil ich mich nachts allein herumtrieb, und ich lief Hals über Kopf davon. An der Straßenecke angekommen, nahm ich meinen königlichen Gang unter den segnenden Sternen wieder auf und schritt würdevoll auf einen blauen Tempel zu, wo der Gesang des klaren Wassers erklingen würde.

LXIII

So also, meschugge geworden, irrte ich durch die Nacht der Straßen und der Gedanken, ein plötzlich ins Unglück gestoßenes Kind, ein verblüfftes und blindes kleines Geschöpf, ich irrte endlos umher, verrückt im zehnten Jahr meines Lebens. Ich irrte als Aussätziger umher und suchte eine großartige Erklärung für mein Unglück, ich irrte grotesk umher, indem ich die Füße majestätisch über das nächtlich glänzende Pflaster gleiten ließ, ich irrte mit dem königlichen, schwachen Gang des verfolgten Paria umher, gekrönt von einem tröstenden Wahn, ich irrte umher und machte Gesten, die großartige Pläne und lächelndes Verständnis betonten, ich irrte feierlich, schwach und verachtet umher, ich irrte umher und sagte mir im Wahn, mit hörbarer Stimme, aber vorsichtig flüsternd, dass ich der König sei, der König der Juden. Man tröstet sich, so gut es geht. Hat man kein Glück, gibt man sich mit der Königswürde zufrieden.

LXIV

Ich lief, völlig übergeschnappt, mit einer langen Robe im Wind, einem unsichtbaren Talar, den der Wind beim Gehen in zwei Flügel teilte, ich lief mit einer Krone aus Hyazinthen und Gold, gefolgt von einem edlen weißen Pferd. Das verrückte Kind war gerächt, es lief weiter, gütig und verachtend, absurd unter den Menschen, zur Niederlage verurteilt, königlich. So grausam es gegen den unglücklichen Kleinen sein mag, der durch die Nacht lief und über den ich mich hier lustig mache, muss ich um der Wahrheit willen sagen, dass dieser zufällige König, dieser Drei-Groschen-König manchmal einen verstohlenen Seitenblick in die Schaufenster der geschlossenen Juweliergeschäfte in der Rue Saint-Ferréol warf, deren Vitrinen beleuchtet waren, um zu sehen, welchen Eindruck ein leidender König im Spiegel machte. Aber ich habe eher Mitleid, als dass ich spotten würde, denn diese komödiantischen Blicke waren doch nur ein kranker Trost eines einsamen Paria-Kindes.

Ein Paria, aber ein Segnender. Bei jeder bösen Begegnung deutete ich kleine segnende Gesten an. Verachtet, segnete ich alle bösen Menschen und besonders die blonden, ich segnete und liebte sie im Namen Israels, der ich selbst Israel geworden war, ich segnete sie, indem ich meine Segnungen mit vagen hebräischen Wörtern aus dem einzigen mir bekannten Gebet unterfütterte, vor allem erfand ich Wörter, die leicht hebräisch klingen sollten und die mich bewegten und mir das Gefühl von Erhabenheit gaben. Ich segnete die Bösen und verkündete ihnen im Geiste, verbunden mit allen möglichen Andeutungen magischer, aber versteckter Gesten, ich verkündete ihnen im Namen des erlösenden und geächteten Israels, der ich selbst Israel war, ich verkündete ihnen, dass sie mich eines Tages lieben würden und dass dies der Tag sein würde, an dem alle Menschen, durch mich menschlich geworden, sich unaufhörlich küssen würden. Welch Anmaßung!

Ich lief weiter, ließ die Füße großartig gleiten, ich segnete meine Massen, lächelte und grüßte wie ein König, mit königlichen, aber bedächtigen, müden und nachlässigen, aber höflichen militärischen Grüßen, die ich nur andeutete, um nicht aufzufallen, ich lief und lächelte, versprach meinen Feinden und künftigen Brüdern Geschenke, versprach ihnen Schönheit, und dem, der hässlich war, ein Gesicht so wie das meine. Ich lief, manchmal hob ich meine Schultasche über meinen Kopf und breitete sie aus wie die Tafeln des Gesetzes, ich lief, der privilegierte Träger des Gesetzes, der heiligen Gebote des Ewigen, den Menschen zur Ehre, ich lief zwischen knarrenden Zedern, ein falscher König Israels und echter Nachfahre Aarons, des Hohepriesters und Bruders von Moses. Ich lief.

Doch plötzlich ein Schweißausbruch vor Angst, denn der König erinnerte sich, dass man ihn nicht wollte, den armen ehemaligen zukünftigen französischen Oberst, den unsterblichen französischen Oberst, dass man ihn nicht wollte, der so entschlossen war, den Universalfleckenreiniger zu kaufen, um vom Straßenhändler geliebt zu werden, dass man ihn nicht wollte, der doch so gerne dabei gewesen wäre, mit einem Herzen, das so zu lieben bereit war, idiotisch liebend.

LXV

Unter den Sternschnuppen am Himmel, die Edelsteine auf meine Krone streuten, lief ich als übergeschnappter König, ließ die Füße großartig über das Pflaster des Exils gleiten, ich lief mit einer androgynen Eleganz und ein bisschen verrückt. Tod den Juden. Ich vertrieb die Dämonen an der Mauer, indem ich die Augenbrauen hob, mit mechanischen und feierlichen Gesten. Es lebe die Christenheit, gab ich der bösen Inschrift zur Antwort, und ich blickte zum Himmel, wo die Augen meiner toten Vorfahren funkelten und mir zustimmten. Ja, die Christen waren meine Kinder, meine warmen, piepsenden Spatzen, die ich in meinen Armen hielt, die ich in väterlichem Ernst an mich drückte, und ich versprach ihnen, dass sie freundlich werden würden und dass ich mich um sie kümmern würde. Tod den Juden. Ich lächelte die Mauer an, ich versuchte, sie zu beruhigen, ich machte versöhnliche Gesten und gab ihr ein Zeichen, sie solle Geduld haben. Dreckiger Jude, brüllte die Menge und ich segnete sie. Wie ein Priester, die Hand nach beiden Seiten ausbreitend, segnete ich meine lieben bösen Menschen, und ich spürte, wie die Beschimpfungen und der Hass meiner Söhne, der Menschen, in einem langen Speichelfaden über mein schmerzverzogenes und lächelndes Gesicht liefen.

LXVI

Meine linke Backe brannte und ich gestand mir ein, dass meine Majestät geohrfeigt worden war – ich erzähle das zum ersten Mal, keiner meiner Angehörigen hat es gewusst. Ja, an diesem Tag, an dem ich zehn Jahre alt wurde, hatte ich von dem Straßenhändler eine Ohrfeige bekommen, als ich – verblüfft darüber, so vertrieben zu werden – meinen Exodus hinauszögerte und meinen Beleidiger regungslos ansah, den Mund halb geöffnet, um zu protestieren, und in den Augen jene Leugnung der Schuld, jene körperliche Angst, jene Angst, die ich von nun an in den Augen meiner Mutter wiederfinden sollte.

Ich lief durch die einsame Straße, ich lief mit der Hand an meiner beleidigten Backe, ich lief als Sohn der Propheten, der zum Jud' geworden war, ich lief und hatte einen der Unsrigen zu meiner Rechten, Jesus mit Schatten unter den Augen, Jesus, der ebenfalls seine Hand an seine linke, seltsam bleiche Backe hielt, zwei Verlorene und Erstaunte liefen gemeinsam, Jesus, als Jude geboren wie ich, sagte ich mir immer wieder, Jesus aus meinem Volk und von meiner Religion, und seine Gläubigen feiern noch heute den Jahrestag seiner Beschneidung am ersten Tag des Monats Januar, weil er nach den Vorschriften der jüdischen Religion sieben Tage nach seiner Geburt beschnitten worden war, an der richtigen Stelle kürzer gemacht, wie der Straßenhändler gesagt hatte, Jesus, den der Straßenhändler mit mir vertrieben hatte, Jesus, Sohn der Maria, die eine Jüdin war, Jesus mit dem naiven, aber weisen Lächeln, ein schöner verträumter Jesus zu meiner Rechten, und die Menge warf Steine auf uns und schrie, wir seien dreckige Juden und forderte unseren Tod, und Jesus lächelte mir zu, in traurigem Einverständnis, und er flüsterte mir zu: Es lebe die Judenheit, der liebende Jesus zu meiner Rechten, und ein anderer, ein anderer Großer meines Volkes ging uns voraus und trug seine Zehn Gebote, hochgehalten im Donner des Sinai oder im fahlen Schein der Straßenlaternen und der schrecklichen Prostituierten, die aufgetaucht waren, rätselhafte Wachposten, lispelnde Sammlerinnen von Geld und Krankheiten, und eine von ihnen sagte mir, dass Mitternacht vorbei sei und ich besser daran täte, nach Hause zu gehen und zu schlafen. Und der König gehorchte der Prostituierten.

LXVII

Auf dem Heimweg im Regen, der inzwischen fiel und auf dem Pflaster kleine blinzelnde, trostlose Tropfen hinterließ, traf das Kind, die Hand an seiner beleidigten Backe, auf seine Mutter und seinen Vater, die zum vierten oder fünften Mal aufgelöst und verängstigt aus dem Polizeikommissariat kamen, nachdem sie seit Stunden zwischen der Wohnung und dem Kommissariat hin- und hergelaufen waren, um dort untertänig nachzufragen, ob es eine Nachricht von ihrem verschwundenen kleinen Jungen gäbe, dessen Aussehen sie jedes Mal schluchzend beschrieben hatten, ein kleiner, so hübscher Junge mit lockigen Haaren, Herr Kommissar.

Als die drei in die gütige Wohnung zurückgekehrt waren – o süßes Privatghetto meiner gestorbenen Jugend, o Wärme und gelbes Rund der Petroleumlampe, o meine verstorbene Mutter, die ich niemals wiedersehen werde und niemals mehr am Bahnhof erwarten kann –, als die drei zurückgekehrt waren, blieben sie nicht in dem Zimmer stehen, wo den ganzen Abend über die schöne, liebevoll zum zehnten Geburtstag des Kindes bereitete Festtagsmahlzeit wartete, vergeblich wartete, und wo der große Kuchen einsam und unberührt blieb, um den herum die zehn rosa Kerzen eines beginnenden Lebens mitleidig erloschen und erstorben waren.

Die drei setzten sich nicht an den zum Geburtstagsfest geschmückten Tisch, sie gingen in das Zimmer von Vater und Mutter. Dort berichtete das Kind, das den Schwindel bezähmte, der ihm Zeit seines Lebens geblieben ist, seinem Vater und seiner Mutter. Aber er berichtete nicht alles und sagte bloß, die Leute hätten über ihn gelacht und ihn verjagt, weil er ein jüdisches Gesicht hatte. Daraufhin warfen der Vater und die Mutter einen schuldbewussten Blick auf das Gesicht des Kindes, das sie in die Welt gesetzt hatten, und senkten die Augen. Ich sehe diesen Moment vor mir. Mein Vater saß auf seinem Bett, meine Mutter saß auf dem Bett gegenüber, und ihre kleine Hand mit der allzu zarten Haut hielt den kupfernen Bettpfosten. Und wir weinten alle drei. Ein Grund zur Freude für einen Antisemiten.

LXVIII

Sicherlich, ihr Antisemiten, zarte Gemüter, sicherlich – ich habe hier keine Geschichte aus dem Konzentrationslager erzählt und ich habe an diesem zehnten Geburtstag nicht körperlich gelitten, an diesem Tag, an dem ich zehn Jahre alt wurde. Sicherlich, es gab Fortschritte seither. Sicherlich, der Straßenhändler hat nur ein kleines Kind beschämt, er hat es nur über seine Infamie unterrichtet. Sicherlich, er hat es nur von der Sünde überzeugt, geboren worden zu sein, einer Sünde, die Argwohn und Hass verdient. Aber das ist auch nicht gerade wenig, einem sanften kleinen Jungen beizubringen, dass er ein Verdammter ist, und seine Seele für immer zu peinigen. Sicherlich, es gab Fortschritte seither. Aber was mir an diesem zehnten Jahrestag meines Daseins auf Erden zustieß, dieser Hass, dem ich zum ersten Mal begegnete, dieser dümmliche Hass war die Ankündigung der Kammern des großen Schreckens, das Vorzeichen und der Anfang der Gaskammern, der langen Kammern aus Zement, in denen zwei meiner Angehörigen, mein Onkel und sein Sohn, erstickt und gestorben sind, während sie sich bei der Hand hielten, und der nackte Sohn über dem nackten Vater zusammenbrach, der ihn geliebt hatte.

LXIX

Ohne den Straßenhändler und seine bösartigen Gleichgesinnten, seine unzähligen Gleichgesinnten in Deutschland und anderswo, hätte es die Gaskammern nicht gegeben, die deutschen Todeskammern, die mit einer netten Inschrift als Duschen bezeichnet wurden, die deutschen Kammern, aus denen die toten oder sterbenden Körper von noch lebenden Mitgeschöpfen, die bald ihrerseits vergast werden sollten, gezogen und anschließend in die deutschen Öfen geschoben wurden, und manchmal wurden sie auch zum Vergnügen von den blonden, gestiefelten Athleten, die die Judenhasser so lieben, fröhlich in die deutschen Öfen geworfen.

Ohne den Straßenhändler und seine bösartigen Gleichgesinnten, seine unzähligen Gleichgesinnten in Deutschland und anderswo, hätte es die Schornsteine der Krematorien nicht gegeben, Wege in die Freiheit, die deutschen Schornsteine, aus denen unaufhörlich die deutschen Flammen mit gelben und rötlichen Schwaden schlugen, der Rauch meines geopferten Volkes, schwarze Rauchfahnen, die zum Himmel stiegen, mit einem Gestank, den Gott nicht roch, düsterer Weihrauch eines großen Volkes, des treuesten, am meisten leidenden, getöteten und am meisten gehassten Volkes, und es bedeutet Ruhm und Auserwählung, von bösen und niederträchtigen Menschen derart gehasst zu werden.

Ohne den Straßenhändler und seine bösartigen Gleichgesinnten, seine unzähligen Gleichgesinnten in Deutschland und anderswo hätte es im Jahr der Gnade neunzehnhundertdreiundvierzig diese Stapel von Ermordeten mit reglosen Armen und willenlosen Beinen vor den Öfen der deutschen Krematorien nicht gegeben, es hätte diese Berge von Verlassenen aus den deutschen Todeskammern nicht gegeben, die auf die deutschen Flammen warteten, es hätte diese skelettartigen gelben nackten Körper nicht gegeben, riesig aufgetürmt und in schrecklicher Unordnung ineinander verschlungen, eisig und gelähmt und durcheinander, ein entsetzliches deutsches Spiel mit menschlichen Mikadostäbchen, es hätte diese Zonen einstiger Lebewesen nicht gegeben, in großer Verlassenheit erstarrt, schweigende Gliederpuppen, die früher geliebt und früher gelächelt hatten, schweigendes Unglück, den Mund zu einer letzten Klage geöffnet, tote Augen wie Glaskugeln, geöffnete Augen, die euch ansehen, Judenhasser.

Ohne den Straßenhändler und seine bösartigen Gleichgesinnten, seine unzähligen Gleichgesinnten in Deutschland und anderswo, hätte es die deutschen Lager und das abgemagerte Volk meiner noch lebenden Brüder in ihren Holzpritschen nicht gegeben, die lethargisch und fast regungslos in ihren gestreiften Lumpen oder schon nackt und mit hervortretenden Wangenknochen unter leerer Haut warteten, sie warteten in den Etagenbetten, bis die Reihe an sie kam, bis es an ihnen war zu sterben, sie warteten in gleichgültiger Erschöpfung, teilnahmslos und mit verfallenden Kräften, Obdachlose Gottes und vergessen von den Menschen, sie warteten abgemagert und abgestumpft, machten bisweilen die Geste eines Kranken, eine ziellose, langsame Geste, sie warteten ausgestreckt oder zusammengekauert auf ihren harten Pritschen, sie warteten, ohne auf das Ungeziefer zu achten, sie warteten mit noch lebendigen Augen in den riesigen schrecklichen Augenhöhlen, mit Augen von Nachtvögeln, vergrößerten Augen in den hohlen Gesichtern, sie warteten und warfen manchmal einen kranken Blick auf die Selbstmörder der letzten Nacht, klägliche erhängte Hampelmänner, sie warteten und erinnerten sich an glückliche Zeiten, sie erwarteten ihren Tod und wussten ihn nahe, sie warteten und atmeten noch, sie atmeten den furchtbaren üblen Geruch, das Vorzeichen, den üblen Geruch, der den deutschen Schornsteinen entwich, den hohen Schornsteinen der deutschen Krematorien, sie warteten, bis die Reihe an sie kam, im Schmutz der Angst aufeinander zu fallen, in den zischenden Gaskammern des Zyklon B, in deutschen Kammern und durch deutsches Gas. An wem lag es, wenn sie fielen, ausgemergelt und nackt, wenn sie aufeinander fielen, die Augen geöffnet? Es lag an dem blonden Straßenhändler und seinen bösartigen Gleichgesinnten, seinen unzähligen Gleichgesinnten in Deutschland und anderswo, an all den Judenhassern.

Ja, diese toten, aber geöffneten Augen sehen euch an, ihr Hasser, sie sehen euch an, während ihr die Wange eurer Frau oder die Stirn eures Sohnes zärtlich küsst, sie sehen euch an, während ihr lacht, sie sehen euch an, während ihr betet, sie werden euch ansehen, während ihr mit ausgestreckten Armen auf der Bettdecke im Sterben liegt.

Sagt, ihr Antisemiten und Hasser, die ich plötzlich Menschenbrüder zu nennen wage, Söhne guter Mütter und Brüder in unseren Müttern, Brüder auch im gemeinsamen Tod, Brüder, die die Angst der Todesstunde kennenlernen werden, arme Brüder im Tode, meine Brüder durch Mitleid und die Zärtlichkeit des Mitleids, sagt, ihr Antisemiten, meine Brüder, seid ihr wirklich glücklich, zu hassen und stolz darauf, böse zu sein? Ist das wirklich das Ziel, das ihr euch für dieses arme, kurze Leben gesetzt habt?

LXX

Oh, ihr Menschenbrüder und künftigen Kadaver, habt Mitleid miteinander, Mitleid mit euren Brüdern im Tode, Mitleid mit allen euren Brüdern im Tode, Mitleid mit den bösen Menschen, die euch Leid zugefügt haben, und verzeiht ihnen, denn sie werden das Tal der Schrecken des Todes kennenlernen, und sie haben ein Recht über euch, das ehrwürdige Recht der künftigen Todgeweihten, habt Mitleid mit ihnen, Mitleid mit euren Brüdern im Tode, Mitleid mit allen euren Brüdern im Tode, Mitleid mit ihrem unabwendbaren Todeskampf, Ehrendame ihres sicheren Todes, des Todes, der auch der eure sein wird, und ihre Hände wie eure Hände halten sich an der Bettdecke fest und stoßen sie zurück und schleudern sie in einer letzten Lebensanstrengung hin und her, noch zu leben, noch zu atmen, noch einmal zu atmen. Habt Mitleid miteinander, Mitleid mit eurem gemeinsamen Tod, und möge aus diesem Mitleid mit dem Nächsten und seinem sicheren Tod, dem Mitleid mit unserem gemeinsamen Unglück und Schicksal, möge aus diesem einsamen Mitleid schließlich eine bescheidene Güte erwachsen, wahrhaftiger und ernsthafter als die anmaßende Nächstenliebe, eine gerechte Güte, denn es ist richtig, Mitleid mit dem Unglück eines künftigen Todgeweihten zu haben.

Ja, Brüder, nicht mehr zu hassen, aus Mitleid und aus der Brüderlichkeit des Mitleids und aus der bescheidenen Güte des Mitleids, nicht mehr zu hassen, bedeutet mehr als die Nächstenliebe, eine Liebe, an die ich in meiner Jugend geglaubt habe, und ich denke wehmütig daran zurück, und ich kenne ihren Reiz und ihren

Charme, und diese Liebe führt mich in ihrer ergreifenden Schönheit manchmal in Versuchung, aber wie soll man sie ernst nehmen, wie soll man an sie glauben? Wie sollte die wirkliche Liebe, die bereit zum Verzicht und Verlust ist, eine Liebe, die stärker ist als die Selbstbehauptung, die stärker ist als der Tod – denn ich denke unaufhörlich, was nach meinem Tod aus der Geliebten wird, und ob sie sich zu schützen weiß, wenn ich nicht mehr bei ihr bin –, wie sollte diese Liebe, die du für diejenigen empfindest, die du tatsächlich liebst, diese Liebe, die wahrhaftig ist denn du lebst mit denen, die du liebst, du kennst sie, und deine Seele ist mit der ihren verbunden, und tatsächlich liebst du sie innig, sie sind deine Nächsten wie sollte diese hohe Liebe, die einem anderen den Vorzug gibt, diese Liebe, die dauernd bangt, das geliebte Wesen zu verlieren, es durch den eigenen Tod oder durch seinen Tod zu verlieren, wie sollte eine solche Liebe, die allein dieses Wort verdient, wie also sollte diese heilige Liebe ernsthaft Tausende oder Millionen unbekannter Menschen lieben? In Wirklichkeit gibt es zweierlei Liebe, die wahre für die innig Geliebten und die sogenannte Nächstenliebe. Ach, wie wenig lieben sie und wie sehr sind sie mit wenig zufrieden, die Nächstenliebenden.

Tatsächlich, und das sage ich ihnen aus Mitleid und aus der Brüderlichkeit des Mitleids und aus der bescheidenen Güte des Mitleids, bedeutet nicht zu hassen mehr als die illusorische Nächstenliebe, eine eingebildete Liebe, eine Lüge in sich selbst, eine verdünnte Liebe, eine schöne, prunkvolle Liebe, eine bequeme Liebe, die jedermann gilt, und das heißt niemandem, eine gleichgültige Liebe, Engelsgesang, theatralische Erklärung,

Selbstliebe, die sich Heiligkeit anzumaßen sucht, Eitelkeit, die dem Wind nachjagt, eine gefährliche Liebe, die die Ungerechtigkeit aufrechterhält, die Ungerechtigkeit, die durch diese vorgetäuschte Liebe bemäntelt und gerechtfertigt wird, o abscheuliches Nebeneinander von Nächstenliebe und Ungerechtigkeit, eine fruchtlose Liebe, die im Laufe von zweitausend Jahren weder Kriege und Metzeleien noch die Scheiterhaufen der Inquisition noch die Pogrome noch das gewaltige deutsche Morden verhindert hat, o abscheuliches Nebeneinander von Nächstenliebe und Hass.

Oh, ihr Menschenbrüder, die ihr euch für so kurze Zeit bewegt, bald unbeweglich und für immer steif und stumm in eurem starren Ableben, habt Mitleid mit euren Brüdern im Tode und gebt nicht länger vor, sie mit der lächerlichen Nächstenliebe zu lieben, einer Liebe ohne Ernst, einer Liebe der Worte, einer Liebe, die wir im Lauf der Jahrhunderte lange genug gekostet haben und von der wir wissen, was sie wert ist, beschränkt euch endlich im Ernst darauf, eure Brüder im Tode nicht zu hassen. So spricht ein Mensch an der Schwelle seines nahen Todes.

Anmerkung des Übersetzers

Der deutschen Übersetzung von Cohens erstem Roman *Solal* durch Franz Hessel und Hans Kauders aus dem Jahr 1932 folgend, habe ich das Wort *race* (Rasse) mit »Volk« wiedergegeben, wo Cohen es selbstbezüglich verwendet (*de ma race*, aus meinem Volk). Ist es ausdrücklich als Schimpfwort erkennbar, steht auch in der Übersetzung »Rasse«; zum Beispiel *une sale race*, eine dreckige Rasse. Die französischen antisemitischen Ausdrücke *youpin* und *youtre* für »Jude« sind nicht übersetzbar; hilfsweise habe ich hier »Jud'« eingefügt. – Cohen wiederholt mehrfach Wendungen und ganze Passagen aus seinen früheren Büchern. Ich habe das nicht eigens nachgewiesen, da es zum Verständnis des vorliegenden Textes nicht erforderlich ist. Der mit dem Werk des Autors vertraute Leser wird sich vielleicht erinnern.

Erläuterungen des Übersetzers

S. 10, *meine Mutter, die während der deutschen Besatzung gestorben ist* Louise Coen (ohne h) starb am 10. Januar 1943 in Marseille, das von deutschen Truppen besetzt war. Am 22./23. Januar führten französische Polizeikräfte auf Anordnung Himmlers eine Massenrazzia in der Stadt durch, bei der etwa 1600 Juden verhaftet wurden; sie wurden den Deutschen übergeben und deportiert.

S. 19, *Lyzeum* Die Wanderung des zehnjährigen Jungen beginnt in unmittelbarer Umgebung des Lycée Thiers in der Innenstadt von Marseille und führt zunächst zur Gare St. Charles, dann zurück über die Canebière, eine Marseiller Prachtstraße, die am alten Hafen endet; weiter über die Allées de Meilhan, die Rue de Rome, die Rue Longue des Capucins, die Rue du Paradis und die Rue Saint-Ferréol. Andere erwähnte Orte sind die Strandhaltestelle La Plage, die Corniche, die Uferstraße entlang der Mittelmeerküste, und La Plaine, eine große Jahrmarktwiese inmitten der Stadt. Marseille ist, neben Genf, auch ein bevorzugter Schauplatz in Cohens Romanen.

S. 22, *Dreyfus* Alfred Dreyfus, französischer jüdischer Offizier, wurde 1894 fälschlich wegen Spionage zugunsten des Deutschen Reichs angeklagt und verurteilt; die Dreyfus-Affäre spaltete das Land in Verteidiger und Gegner des Offiziers (*Dreyfusards* und *Anti-Dreyfusards*) und führte zur Formierung einer breiten antisemitischen Bewegung in Frankreich.

S. 36, *in einem anderen Buch* Albert Cohen: *Le Livre de ma mère* (Paris 1954); dt. Ausgabe: Das Buch meiner Mutter. Übers. aus dem Französischen v. Lilly von Sauter. Stuttgart 1984.

S. 36, *Vercingetorix* Fürst der Gallier, einigte 52 v. Chr. die gallischen Völker im Kampf gegen den Eroberer Julius Cäsar, gefangen genommen und in Rom enthauptet; im 19. Jahrhundert zur Gründerfigur der französischen Nation erklärt.

S. 37, *Loubet* Émile Loubet, von 1899 bis 1906 Präsident der Französischen Republik.

S. 52, *drei Goldschmiede … Ein Hoch auf die Studenten* Obszöne studentische Trinklieder: *Les trois orfèvres, Vivent les étudiants, ma mère*.

S. 54 f., *Eiscafé, Türkisches Café* Das Café Glacier und das prachtvolle, orientalisch ausgestattete Café Turc waren zwei stark frequentierte Cafés auf der Canebière.

S. 55, *Max Linder* Französischer Stummfilmstar, drehte ab 1905/06 zahlreiche Filmkomödien, eröffnete 1919 in Paris das Cinéma Max Lindner. Das passt nicht zu Cohens Erinnerung an das Jahr 1905.

S. 58, *Zwergin Nina* Eine allegorische Gestalt, die der buckligen Zwergin Rachel aus Cohens Roman *Belle du Seigneur* (1968) gleicht, auf die der Protagonist Solal in einem Kellerversteck im nationalsozialistischen Berlin trifft. Beide verkörpern das Schicksal der verfolgten Juden.

S. 71, *Massada* Schauplatz des Aufstands der Juden gegen die Römer (66–73/74 n.Chr.); nach der Zerstörung des Tempels in Jerusalem wurde die Bergfestung Massada zur letzten Zuflucht für die Juden, die sich lange verteidigten und schließlich kollektiv Selbstmord begingen.

S. 73, *rotella* lat.; frz.: *rouelle*; wörtlich »Rädchen«; kleines ringförmiges Stoffstück zur Kennzeichnung der Juden; 1215 durch das vierte Laterankonzil eingeführt.

S. 75, *Präsentiert die Tränen* Unübersetzbares Wortspiel: *Présentez les armes, présentez les larmes*.

S. 75, *das Gedicht von Victor Hugo* Hymne aus der Gedichtsammlung *Les Chants du crépuscule* (1835); darin heißt es: *Gloire à notre France éternelle! / Gloire à ceux qui sont morts pour elle!* – Ruhm für unser ewiges Frankreich! Ruhm für die, die für Frankreich starben!

S. 79, *den Gesang vom Zicklein* Einer der Gesänge des Sederabends vor Pessach.

S. 81, *Nouvelles Galeries* Großes Marseiller Kaufhaus auf der Canebière, 1938 abgebrannt.

S. 81, *Nick-Carter-Magazin* Die Figur des Privatdetektivs Nick Carter geht auf den Romanautor John R. Coryell zurück. In den USA erschienen die Detektivhefte mit Nick Carters Abenteuern in wöchentlicher Folge ab 1886 bis zum Ersten Weltkrieg; französische Übersetzungen kamen erst ab 1907 unter dem Titel *Nick*

Carter – Le grand detective américain heraus. Cohen mag sich hier in der Erinnerung getäuscht haben.

S. 82, *Le Radical* 1881 gegründete Tageszeitung, Organ der radikal-sozialistischen Partei.

S. 86, *Trostverzehr* Unübersetzbares Wortspiel: *des consommations consolations*.

S. 101, *meine verstorbene Mutter, die ich … niemals mehr am Bahnhof erwarten kann* In *Le livre de ma mère* berichtet Cohen über die Besuche von Louise Coen bei ihrem Sohn in Genf.

S. 103, *Wege in die Freiheit … Schornsteine der Krematorien* Im frz. Original heißt es: *chemin des libérations, les longues chéminées des fours crématoires.* Die Worte *chemin* und *chéminées* sind verwandt, *libération* bedeutet »Freilassung« (zum Beispiel aus der Haft) und »Befreiung«; in Auschwitz wurde den Häftlingen gesagt, man käme durch das Tor herein und durch den Schornstein wieder hinaus.

Nachwort

Er wurde auf einer der griechischen Inseln im Ionischen Meer geboren, wie Solal, der schöne und reiche Held seiner Romane, und wie dessen arme Verwandten, die fünf »Tapferen«. Heute findet sich an der Synagoge im alten Judenviertel von Korfu eine Gedenktafel für den großen Schriftsteller und Diplomaten Albert Cohen (1895–1981). Sein Vater stammte aus einer alten griechisch-jüdischen Familie, die Mutter sprach die judäovenezianische Sprache des Ghettos. 1900 wanderten die Eltern nach Frankreich aus. Man lebte vom bescheidenen Öl- und Eierhandel des Vaters, Mutter und Sohn blieben in der Einsamkeit ihres Schicksals als jüdische Immigranten eng miteinander verbunden. Albert Cohen wuchs in Marseille im Schatten der Dreyfus-Affäre und der ersten antisemitischen Massenbewegung in Europa auf. Damals hallte zum ersten Mal der Ruf »Tod den Juden! Frankreich den Franzosen!« durch die Straßen. Die vorliegende autobiographische Erzählung zeugt davon.

Auf dem Gymnasium schloss Cohen eine lebenslang währende Freundschaft mit Marcel Pagnol, der als Chronist des Marseiller Milieus und Filmregisseur berühmt werden sollte. Nach dem Schulabschluss nahm er 1914 ein Jurastudium in Genf auf, seiner späteren Wahlheimat. Er wurde zionistischer Aktivist, stand in enger Verbindung mit Chaim Weizmann, damals Präsident der Zionistischen Weltorganisation, war als Rechtsanwalt tätig, erhielt die Schweizer Staatsbürgerschaft und trat 1926 in den diplomatischen Dienst des Internationalen Arbeitsamts ein.

Zeitweilig in Paris lebend, wo er die Zeitschrift *La Revue juive* herausgab und von wo aus er noch 1939/40 versuchte, Juden die Flucht über Frankreich nach Palästina zu ermöglichen, ging er während der deutschen Besatzung Frankreichs als Vertreter der Jewish Agency nach London. Dort hielt er Kontakt zur französischen Résistance im Exil um General de Gaulle. Ab 1944 arbeitete er als juristischer Berater des Intergouvernementalen Komitees für Flüchtlinge. In dieser Eigenschaft redigierte er die am 15. Oktober 1946 in London verabschiedete Internationale Vereinbarung zum Schutz von Flüchtlingen, in der sich die Vertragsstaaten bereit erklärten, einen international gültigen Pass für staatenlose Flüchtlinge und Displaced Persons anzuerkennen – eine Art Wiederauflage des Nansen-Passes. Cohen, in dessen Romanen die für Juden überlebenswichtige Frage der Pässe eine große Rolle spielt, bezeichnete dieses 32-seitige Vertragsdokument später als sein »schönstes Buch«. Die Bestimmungen der Vereinbarung gingen in die Genfer Flüchtlingskonvention von 1951 ein. 1947 kehrte er nach Genf zurück, wurde hochrangiger Mitarbeiter der Internationalen Flüchtlingsorganisation der Vereinten Nationen, lehnte 1957 den ihm angebotenen Posten eines israelischen Botschafters ab und widmete sich nur mehr seiner schriftstellerischen Tätigkeit. Er starb im hohen Alter von 86 Jahren.

Cohen zählt bis heute zu den wichtigsten französischsprachigen Schriftstellern des vergangenen Jahrhunderts. Sein Erstlingswerk *Solal*, das die Geschichte eines Rabbinersohns aus Kephalonia im Zwischenkriegseuropa erzählt, erschien 1930 und wurde zwei Jahre später in einer deutschen Übersetzung von Franz Hessel und

Hans Kauders in Berlin veröffentlicht – man möchte hinzufügen: noch rechtzeitig vor dem Machtantritt der Nazis. Ein Folgeband (*Mangeclous*, 1938) konnte damals in Deutschland nicht mehr verlegt werden; eine deutschsprachige Ausgabe ist erst seit 1984 greifbar. Der Roman *Belle du Seigneur* von 1968 schließlich begründete Cohens Weltruhm. Er wurde 1983 von Helmut Kossodo unter dem Titel *Die Schöne des Herrn* ins Deutsche übersetzt; inzwischen liegt eine überarbeitete Fassung vor. Mit ihm kam ein dreibändiges Epos zum Abschluss, »ein sprachliches Universum, das seinen Platz hat neben den letzten totalisierenden Versuchen vom Anfange dieses Jahrhunderts (Proust, Joyce, Musil, Mann u.a.), die ganze Welt in ein Buch münden zu lassen« (Jürgen Ritte). In Frankreich wie in Deutschland wird *Belle du Seigneur* bis in jüngste Zeit als Liebesroman vom Range Stendhals oder Flauberts angeboten. Leicht übersehen wird dabei, dass Cohen – eingewoben in den romanhaften Versuchsaufbau einer »chemisch reinen Liebe«, die tödlich endet – zugleich das zerrissene Geschick der europäischen Juden im 20. Jahrhundert bis zum Vorabend der Katastrophe in immer neuen Bildern heraufbeschwört.

Ô vous, frères humains ist ein autobiographischer Essay mit fiktionalem Charakter (Alain Schaffner). Und es ist ein Alterswerk, wenngleich eine frühe Version bereits 1945 erschien. Gedanken an den Tod, den eigenen und den aller Sterblichen, durchziehen das Buch, der Grundton gleicht einer Klage aus der hebräischen Bibel, verstärkt durch Interjektionen, Lyrismen und Wiederholungen. Cohen beschreibt die Verheerungen des Antisemitismus aus der Sicht eines Kindes, auf sein eigenes Ich zurückblickend. Der ihm entgegenschlagende Antisemitismus ist nicht mehr der alte französische Antisemitismus der katholischen Kirche; er weist voraus auf Auschwitz. Der Straßenverkäufer erkennt den Juden »auf den ersten Blick«, an phänotypischen Merkmalen. Er hat ein »scharfes Auge«, mit dem er das Kind richtet. Einen ähnlich erschütternden Text finden wir in der Literatur vermutlich nur bei Isaak Babel in dessen Erzählung *Die Geschichte meines Taubenschlags* aus dem Jahr 1925, die ebenfalls in die Kindheit des Autors zurückgeht und von einem Pogrom im vorrevolutionären Russland handelt.

Wer fragt, ob ein 1972 geschriebenes, hier erstmals ins Deutsche übertragene Buch nach einem halben Jahrhundert noch immer aktuell ist und warum man es in die Hand nehmen sollte, der sei auf die 2016 erschienene Graphic Novel *Ô vous, frères humains* des französischen Zeichners Luz (Renald Luzier) aufmerksam gemacht, eine kongeniale Übertragung von Albert Cohens Erzählung. Luz entging nur durch Zufall dem islamistischen Terroranschlag auf die Redaktion der Zeitschrift *Charlie Hebdo* im Januar 2015, bei dem elf Menschen zu Tode kamen und dem bis Ende 2015 eine Serie weiterer blutiger Attentate in Frankreich folgte, die teils antisemitischen Charakter trugen. Da Luz, der Mohammed-Karikaturen für das Satireblatt gezeichnet hatte, um sein Leben fürchten musste, hielt er sich an geheim gehaltenen Orten auf. Seine Adaption von *Ô vous, frères humains* ist die Antwort auf den Mordanschlag. Gegenüber der *Frankfurter Allgemeinen Zeitung* nannte er Cohens Buch »eines der wichtigsten politischen Werke des zwanzigsten Jahrhunderts« und zog Parallelen zwischen dem eigenen Erleben und dem, was Cohen erzählt: Für den zehnjährigen Jungen, der von einem Straßenverkäufer als Jude beschimpft wird, ändere sich plötzlich die ganze Welt um ihn herum – nur durch den Schock angesichts des Hasses, den er erfahren hat. Das Ende des Buchs zeige, »wie diese Bosheit eines kleinen französischen Händlers vorausweist auf die Schoah, und Cohen warnt vor dem Vertrauen auf eine allumfassende Menschenliebe. Es geht nicht darum, dass wir alle uns lieben. Es geht darum, einander nicht zu hassen.«

Ahlrich Meyer

Literaturhinweise

Jack I. Abecassis: Albert Cohen – Dissonant Voices. Baltimore u.a. 2004.

Jack I. Abecassis: Le Passeport. In: Atelier du Roman. Revue trimestrielle, Dezember 2009, S. 47–57.

Isaak Babel: Mein Taubenschlag. Sämtliche Erzählungen. Aus dem Französischen von Bettina Kaibach und Peter Urban. München 2014.

Albert Cohen: Das Buch meiner Mutter. Aus dem Französischen von Lilly von Sauter. Stuttgart 1984. (Die Originalausgabe erschien 1954 unter dem Titel *Le livre de ma mère*.)

Denise Goitin-Galpérin: Albert Cohen et l'Histoire: son action politique et diplomatique. In: Cahiers Albert Cohen, Nr. 99/1999, S. 17–31.

»Meine Wiedergeburt«. Ein Gespräch mit Luz, Überlebender des Attentats auf »Charlie Hebdo«. In: Frankfurter Allgemeine Zeitung vom 11. Juni 2022. Die Fragen stellte Andreas Platthaus.

Jürgen Ritte: Dem Tod eine Pirouette drehen. Zum Werk Albert Cohens. In: Merkur, Nr. 435, Mai 1985, S. 434–439.

Alain Schaffner: Albert Cohen, le grandiose et le dérisoire. Genf 2013.

Biografische Notiz

Albert Cohen (1895–1981) war Schriftsteller und Diplomat mit schweizerischem Pass. Geboren in Korfu, zog er 1900 mit seiner jüdischen Familie nach Marseille, wo er aufwuchs. Ab 1914 studierte er in Genf Jura. Er engagierte sich in der zionistischen Bewegung und war während des Zweiten Weltkriegs für die Jewish Agency in London tätig. Als juristischer Berater des Intergouvernementalen Komitees für Flüchtlinge arbeitete er die Internationale Vereinbarung zum Schutz von Flüchtlingen von 1946 aus, die in die Genfer Flüchtlingskonvention einging. Cohen, in dessen Romanen die für Juden überlebenswichtige Frage der Pässe stets eine große Rolle spielt, bezeichnete dieses 32-seitige Vertragsdokument später als sein »schönstes Buch«. In den 1950er Jahren lehnte er weitere politische Ämter ab, um sich wieder der Literatur widmen zu können.

Cohen zählt zu den großen französischen Schriftstellern des 20. Jahrhunderts. *Solal* erschien 1930; der Roman *Belle du Seigneur* (1968), der mit dem Grand prix du roman de l'Académie française ausgezeichnet wurde, gehört zur Weltliteratur. *Ô vous, frères humains* erschien erstmals 1972 und wurde bislang nicht in deutscher Sprache veröffentlicht.

Impressum

Titel der französischen Originalausgabe: *Ô vous, frères humains*,

Aus dem Französischen von Ahlrich Meyer

Gedruckt mit freundlicher Unterstützung der Fakultätsvertretung Sozialwissenschaften, der Fakultätsvertretung Geisteswissenschaften sowie der Studienrichtungsvertretung für Philosophie und Lehramt Philosophie und Psychologie der Universität Wien.

Günterstalstr. 37 www.ca-ira.net
79102 Freiburg info@ca-ira.net

Lektorat Johannes Fiebich, Wien
Gestaltung Till Gathmann, Berlin
Satz Martin Janz, Freiburg
Druck Gyomai Kner Nyomda Zrt, Gyomaendrőd, Ungarn

Umschlagsbild Die Zeichnung ist der Graphic Novel *Ô vous, frères humains* von Rénald Luzier (Luz) entnommen, die 2015 bei Futuropolis in Paris erschien.

ISBN 978-3-86259-188-6

Die Deutsche Bibliothek verzeichnet diese Publikation in der Deutschen Nationalbibliografie; detaillierte bibliografische Daten sind im Internet unter www.dnb.d-nb.de abrufbar.